사르비아총서 · 216

한국의 고전 명문선

최치원(외) 지음/이민수 역주

범우사

차   례

이 책은 우리 나라 역대 문장가(文章家)의 명문(名文)을 발췌, 번역한 것이다. 즉 통일신라시대의 대문장가인 최치원의 〈격황소서〉를 비롯하여 해방 후의 변영만의 〈원사〉에 이르기까지 명문이라 칭할 수 있는 글을 수록했다. 또한 40여 분의 문장만 발췌했으나 격문, 제문, 단상, 소설, 기행문, 실용문 등의 다양한 장르의 글을 소개하려고 노력했다.

옛말에 '글 속에 인품이 있다'는 말이 있다. 이 말은 글 속에는 글쓴이의 사상, 감정 뿐만 아니라 그 사람의 인품까지도 녹아들어 있다는 뜻이다. 이런 까닭에 옛 선현들은 문장을 보고 그 사람의 인물됨됨이를 알았으며 자구(字句) 하나를 보고도 인격을 감지할 수 있었다. 결국 이런 사실은 우리의 선조들이 빌려 쓴 한자(漢字)나 한문(漢文)이 단순한 의사소통의 수단이거나 선진문물의 수용수단만이 아니라 자신의 내면을 반영하는 '인격의 표현수단'이기도 했었다는 것을 알려준다. 그 결과 우리 나라는 많은 명문장가를 배출해왔고,

문치국가(文治國家)를 이룰 수 있었던 것이다.

이런 점에서 명문을 감상하는 것은 그 의미가 자못 크다 하겠다. 우리는 자구(字句) 하나하나에 담긴 의미를 알아내고 깨우쳐가는 과정중에 선조들의 내밀한 인격을 살펴볼 수도 있으며, 선현의 삶을 전범(典範)으로 삼을 수도 있겠다.

모쪼록 독자 여러분께서 이 책을 읽고 한 구절이나마 가슴 속에 간직해서 삶을 영위하는 데 조금이나마 도움이 되었으면 하는 마음에서 감히 선현들의 명문을 소개한다.

엮은이

한국의 고전 명문선

한국의 고전 명문선

격황소서(檄黃巢書)

최치원(崔致遠)

최치원(崔致遠)

신라 때 학자로서 경주 최씨(慶州崔氏)의 시조. 자는 고운(孤雲). 황소(黃巢)의 난에 제도행영병마도통(諸道行營兵馬都統) 고병(高騈)의 종사관(從事官)으로 모든 서기(書記)의 책임을 맡아 당시의 표(表)·장(狀)·서계(書啓)·격문(檄文)은 모두 그의 손으로 지어졌는데, 특히 이 〈토황소격문(討黃巢檄文)〉은 명문(名文)으로 알려진다. 귀국한 뒤로 많은 벼슬을 지냈으나, 국정의 문란함을 통탄하고 가야산 해인사(海印寺)에 들어가 여생을 마쳤다고 한다. 한편 황소는 이 격문의, "천하 사람들이 모두 너를 죽이려고 할 뿐만 아니라, 땅 가운데의 귀신까지도 베어 죽이려고 의논할 것이다"라는 구절에 이르러, 놀라서 앉아 있던 의자에서 떨어졌다 한다.

격황소서(檄黃巢書) [1]

광명(廣明) 2년 7월 8일에, 제도도통검교태위(諸道都統撿校太尉) 황소(黃巢)에게 말한다. 대체로 바른 것을 지키고 떳떳한 일을 행하는 것을 도(道)라고 하는 것이요, 위험한 때를 당하여 변통할 줄 아는 것을 권(權)이라 한다. 지혜 있는 자는 시기에 순응하는 것으로 성공하게 되고, 어리석은 자는 이치를 거스르는 것으로 실패하게 되는 것이다. 비록 백 년의 생명에 있어서 죽고 사는 일은 기약할 수 없는 일이지만 만사는 모두 마음이 주장된 것이고 보면, 옳고 그른 것은 가히 분별할 수가 있는 것이다.

이제 내가 왕사(王師)를 거느려 정벌(征伐)이 있으나 싸움은 없는 것이요,[2] 군정(軍政)이란, 은덕(恩德)을 앞세우고 베

---

1) 당(唐)나라 말기에 반란을 일으켜서 도성(都城)을 점령한 도적. 고병(高騈)이 도통사(都統使)로서 이를 토벌하는데, 이때 최치원이 고병의 종사관(從事官)으로서 대신 격문(檄文)을 지어 황소에게 보낸 것이다.

어 죽이는 것을 뒤에 하는 것이다. 앞으로 서울을 회복하고, 큰 신의(信義)를 펴려고 하여, 공경스럽게 임금의 명령을 받들어서 간사한 꾀를 부수려 한다. 또한 너는 본래 먼 시골의 백성으로서, 갑자기 사나운 도적이 되어 우연히 시세(時勢)를 타고 감히 강상(綱常)을 어지럽혔다. 드디어 불측한 마음을 품고 높은 자리를 노려보아, 도성(都城)을 침략하고 궁궐을 더렵혀서, 이미 그 죄가 하늘에 닿을만큼 극도에 이르렀으니, 반드시 멸망한다는 것을 죽는 것보다 더 잘 알겠도다.

아아! 요순(堯舜) 때로부터 내려오면서 묘(苗)와 호(扈)[3] 따위가 복종하지 않았으니, 양심없는 악의와 불의불충(不義不忠)한 너같은 무리의 하는 짓이 어느 시대인들 없었겠느냐. 먼 옛적에 유요(劉曜)와 왕돈(王敦)[4]은 진(晉)나라를 엿보았고, 가까운 시대에는 안록산(安祿山)과 주자(朱泚)[5] 가 당(唐)나라 왕가(王家)를 개 짖듯이 시끄럽혔다. 그자들은 모두 손에 강성한 병권(兵權)도 잡았고, 또는 몸이 중요한 지위에 있었다. 한 번 호령이 떨어지면, 천둥이나 번개가 달리듯하고, 시끄럽게 떠들면 마치 안개나 연기처럼 캄캄하게 막히

---

2) 정벌은 죄있는 자를 토벌하는 것이요, 여기에 말한 싸움이란 싸우기 위한 싸움을 말한 것.
3) 묘(苗)는 순(舜)에게 복종하지 않아서 토벌당한 나라요, 호(扈)는 하(夏)나라에 거역하여 토벌당한 나라.
4) 유요(劉曜)는 흉노(匈奴)의 후예로서 서진(西晉)에 반란을 일으켰고, 왕돈(王敦)은 동진(東晉) 때에 반란을 일으켰다가 실패했음.
5) 안록산은 돌궐의 잡호로서 당나라의 반신. 주자는 당나라의 반신으로서, 요령언(姚令言)이 반란을 일으켰을 때 제위에 올라 국호를 대진(大秦)이라 했으나 얼마 후에 쫓겨나서 망함.

게 된다. 그러나 오히려 잠깐 동안 못된 짓을 하다가, 필경에는 더러운 종자들이 섬멸되었다. 햇빛이 활짝 펴니, 어찌 요망한 기운을 그대로 둘 것이며, 하늘의 그날이 높이 베풀어져서, 반드시 흉한 무리들을 없애고 마는 것이다.

하물며 너는 평민(平民)의 천한 태생으로 태어났고, 농민으로 일어나서 불지르고 겁탈하는 것을 좋은 꾀라고 여겼으며, 살상(殺傷)하는 것을 급한 임무(任務)로 생각하여, 헤아릴 수 없는 큰 죄만 있고, 속죄(贖罪)될만한 조그만 착한 일도 없었으니, 천하의 모든 사람들이 너를 죽이려 할 뿐만 아니라, 아마도 땅 속의 귀신까지도 소리 소문도 없이 베어 죽이려고 의논할 것이다. 비록 잠깐 동안은 숨이 붙어 있으나, 이미 정신이 죽었고, 넋이 빠졌으리라.

대체로 사람의 일이란, 자기 자신을 아는 것이 제일이다. 내가 헛된 말을 하는 것이 아니니, 너는 모름지기 살펴 듣도록 하라. 요새 우리 국가에서 덕이 깊어서 더러운 것도 참아주고, 은혜가 중하여 결점을 따지지 않고, 너를 장령(將領)으로 임명하고, 너에게 지방의 병권(兵權)을 주었거늘, 너는 오히려 짐새(鴆-)와 같은 독한 마음을 품고, 올빼미의 소리를 거두지 않고서, 움직이면 사람을 물어뜯고, 하는 짓이 마치 개〔犬〕가 주인을 짖듯이 하여, 필경에는 몸이 임금의 덕화(德化)를 등지고 군사가 궁궐에까지 몰려들어, 공후(公侯)들은 위태로운 길로 달아나고 임금의 행차는 먼 지방으로 떠나게 되었다. 너는 일찍 덕의(德義)에 돌아올 줄을 알지 못하고, 다만 완악하고 흉악한 짓만 늘어간다. 이에 임금께서는 너의 죄를 용서하는 은혜가 있었는데, 너는 국가에 대해서 은혜를 저버린 죄를 지었다. 그러니 반드시 머지않아 죽고 망하게 될 것이니, 어찌 하늘이 무섭지 않은가.

하물며 주(周)나라 솥[鼎][6]을 물어볼 것이 아니요, 한(漢)나라 궁궐[7]이 어찌 너같은 자가 머물 곳이겠느냐! 너의 생각은 마침내 어떻게 하려는 것이냐. 너는 듣지 못했느냐.《도덕경(道德經)》에 이르기를, "회오리바람은 하루아침에 가지 못하는 것이요, 소낙비는 하룻동안에 채우지 못한다" 했으니, 하늘도 오히려 오래 가지 못하거늘 하물며 사람이겠느냐? 또 듣지 못했느냐.《춘추전(春秋傳)》에 이르기를, "하늘이 잠시 악한 자를 도와주는 것은, 그가 복이 되게 하려는 것이 아니라, 그의 흉악함이 쌓이게 하여 무서운 벌을 내리려는 것이다" 했다. 이제 너는 간사한 것도 감추고 사나운 것을 숨겨서, 악이 쌓이고 화가 가득한데도, 위험한 것으로 스스로 편하게 여기고, 미혹(迷惑)하여 뉘우칠 줄 모르니, 옛말에 이른 바 제비가 장막 위에 집을 지어 놓고, 불이 장막을 태우는데도 겁없이 날아드는 것이나, 물고기가 솥 위에서 너울거려도 바로 삶아 대는 꼴을 보는 격이다.

이제 나는 웅장한 군략(軍略)을 가지고 여러 군대를 모았으니, 날랜 장수는 구름처럼 날아들고, 용맹스런 군사들은

---

6) 우(愚)가 구정(九鼎)을 만들어 후세에 전하여 내려오는데, 제왕이 그것을 지녀 수도에 두어 왔다. 주나라가 쇠약한 말기에 강성한 제후인 초왕이 사람을 보내서, 구정이 가벼운가를 물었다. 그것은 곧 자기가 천자가 되어 구정을 옮겨가겠다는 뜻이었다.
7) 이는 곧 당나라 궁궐인데, 중세에 있어서는 한이 가장 융성하고 궁궐이 가장 굉장했으므로, 한(漢)을 당(唐)의 대명사로 썼다.

비가 쏟아지듯이 몰려들어, 높고 큰 깃발은 초(楚)나라 변방의 바람을 에워싸고 군함은 오강(吳江)의 물결을 막아 끊었다. 진(晉)나라 도태위(陶太尉)[8]는 적을 부수는 데 날래었고, 수(隋)나라 양소(楊素)[9]는 엄숙함이 신(神)이라 일컬어져서, 널리 팔방을 돌아보고 거침없이 만리에 횡행했다. 맹렬한 불이 기러기털을 태우는 것과 같고, 태산(泰山)을 높이 들어 참새알을 눌러 깨치는 것과 무엇이 다르랴. 서늘한 바람이 부는 가을에 강의 물귀신이 우리 군사를 맞는다. 서풍(西風)이 불어 숙살(肅殺)하는 위엄을 도와주고, 새벽 이슬은 당당한 기운을 상쾌하게 해준다. 파도도 일지 않고, 도로도 통해졌으니, 석두성(石頭城)에서 뱃줄을 풀자 손권(孫權)[10]이 뒤에서 호위하고, 현산(峴山)에 닻을 내리자 두예(杜預)[11]가 앞장을 선다. 경도(京都)를 수복하는 것이 열흘이나 한 달이면 기필할 것이나 다만 살리기를 좋아하고 죽이는 것을 싫어하는 것은 상제(上帝)의 깊으신 인자(仁慈)함이요, 법을 굽혀서 은혜를 펴려는 것은 큰 조정의 어진 제도이다. 나라의 도적을 정복하는 자는 사사로운 분수를 생각지 않는 것이요, 어두운 길에 헤매는 자를 일깨우는 데는 진실로 바른 말을 해주어야한다. 이제 나의 한 장의 글로서 너의 거꾸로 매달린 것 같은

---

8) 도간(陶侃)을 말하는데, 두도(杜鍍)·소준(蘇峻) 등의 반역자를 평정한 명장(名將)임.
9) 양소가 진(陳)을 칠 때 배를 타고 양자강으로 내려가는데, 위의가 엄숙하자 사람들이 보고 강신(江神)과 같다고 했다.
10) 삼국때에 오왕(吳王) 손권(孫權)이 석두성에 도읍을 정했다.
11) 진(晉)나라 장수 두예(杜預)가 오(吳)나라와 대치(對峙)하여 현산(峴山)에 있었다.

다급한 입장을 풀어주려 하는 것이니, 고집하지 말고 일의 기회를 잘 알아서 스스로 계책을 잘하여 허물을 고치도록 하라. 만일 땅을 떼어 봉해 주기를 원한다면, 나라를 세우고 가문을 계승하여, 몸과 머리가 두 동강이 되는 것을 면하며, 공명(功名)의 높은 것을 얻을 것이다. 겉으로 한 도당(徒黨)의 말을 믿지 말고, 영화로움을 후손에까지 제해야 할 것이다. 이는 아녀자의 알 바가 아니요, 실로 대장군의 일인 것이다. 일찍이 회보(回報)하여 의심할 것이 없느니라. 나의 명령은 천자를 머리에 이고 있고, 믿음은 강물에 맹세하여 반드시 말이 한 번 떨어지면 그대로 실천하는 것이지, 공연히 원망만 깊게 하지는 않을 것이다. 만일 미처 덤벼드는 도당(徒黨)에 견제되어, 취한 잠에서 깨지 못하고, 여전히 사마귀가 수레바퀴를 막는 짓〔螳螂拒轍〕을 고집한다면, 그 때에는 곰을 잡고 표범을 잡는 군사로 한번 휘몰아 없애버릴 것이니, 이렇게 되면 까마귀처럼 모여 소리개같이 덤비던 무리들은 사방으로 흩어져 도망갈 것이다. 몸은 도끼에 기름을 바르게 될 것이요, 뼈는 군용차(軍用車) 밑에 가루가 되며, 처자도 잡혀서 죽고, 종족(宗族)들도 베임을 당할 것이다. 생각건대 동탁(董卓)의 배를 불로 태울 때에 뭇사람들이 배꼽이 빠질 정도로 비웃어도 어쩔 수 없을 것이다. 너는 모름지기 진퇴(進退)를 참작하고, 잘된 일인지 못된 일인지를 분별하라. 배반하여 멸망하기보다는, 어찌 귀순하여 영화롭게 사는 것과 같으랴? 다만 바라는 바는 반드시 그렇게 행하도록 하라. 장사(壯士)의 하는 일을 택하여 갑자기 변할 것을 결정할 것이요, 어리석은 사람의 생각으로 여우처럼 의심만 하지 말라.

화귀거래사(和歸去來辭)

이인로(李仁老)

이인로(李仁老)

　고려 고종 때의 학자. 호는 쌍명재(雙明齋). 고아가 되어 중 요일(寥一)에게서 성장. 정중부(鄭仲夫)가 난을 일으키자 중이 되었다가 후에 환속(還俗). 문과에 급제하여 직사관(直史官)이 되었다가 14년간 사국(史局)과 한림원(翰林院)에 재직했고, 다시 예부원외랑(禮部員外郎)·비서감(秘書監)·간의대부(諫議大夫)를 역임했다. 관계에 있는 동안에도 혼잡한 현실을 피하여, 오세재(吳世才)·임춘(林椿)·이담지(李湛之) 등과 해좌칠현(海左七賢)으로 자처했다. 고려의 대표적인 문인의 한 사람으로, 문장이 뛰어나 한유(韓愈)의 고문(古文)을 따랐고, 시에 있어서는 소식(蘇軾)을 사숙했다.

화귀거래사(和歸去來辭)[1]

돌아가리로다. 도잠(陶潛, 도연명)이 옛날에 돌아갔거니 나도 또한 가리로다. 해자의 사슴〔偕鹿〕[2]을 얻은들 무엇이 기쁘며, 새옹(塞翁)[3]이 말을 잃은들 무엇이 슬프리. 불나방이 불에 덤벼들어 제 죽을 줄을 모르고, 망아지가 창틈으로 지나가는 광음(光陰)을 따를 수 없네. 손잡고 친하자고 맹세하더니, 머리도 채 돌리기 전에 틀어지누나.

시든 국화를 따서 먹고, 찢어진 연잎을 모아 옷을 만들자,[4] 이미 무하유(無何有)의 시골에 돌아왔거니, 그 현미(玄微)함

---

1) 시도 아니요, 산문(散文)도 아닌 운문(韻文)이다. 시와 병려문(餠儷文)의 중간에 해당한다. 부(賦)와 비슷하나, 사(辭)가 음절(音節)과 정서(情緒)를 위주로 한 데 반하여, 부(賦)는 서술(敍述)을 위주로 한 점이 다르다.
2) 정나라 어떤 나무꾼이 사슴을 얻어다가 해자에 감추어 두었다는 이야기.
3) 이(利)가 해(害)가 되고, 해가 이가 되기도 했다는 이야기.

을 뉘 다시 움직이리. 달팽이 집이 비록 좁을망정 개미 떼는 다투어 달려오네. 거미줄이 창날을 얽고, 참새 그물을 문에 치겠네.[5] 장(藏)과 곡(穀)[6]이 모두 잃었으니, 형(荊)나라 범 (凡)나라 어느 것이 있겠는가?[7]

신(神)으로 말[馬]을 삼고,[8] 큰 박을 타서 표주박을 삼으 리.[9] 몸이 도구(菟裘, 중국의 지명. 또한 속세에서 떠난 곳)에서 늙는다면, 그 즐거움은 상안(商顔)[10]에 못지 않으리. 사물(事 物)을 초월하여 거슬림이 없으니, 몸 붙이는 곳마다 편안키 만 하네. 물고기는 못[澤] 속에 잠겨야만 하는데, 새가 멋모 르고 높이 난들 하늘문[天關]에 날개가 꺾여지리. 어찌하여 정욕(情慾)을 좇아 밖에서 얻으려 하랴. 바야흐로 눈을 감고 안을 보고 있네. 길은 어디나 닥치는 곳마다 걸림이 없고, 흥 이 다하면 이내 돌아오리. 붕새는 만리 길을 무엇하러 가는 가, 메추리는 가지 하나만으로도 넉넉하다네.[11] 소잡는 백정

---

4) 굴원(屈原)의 〈이소(離騷)〉에서 나온 말로 그의 고결(高潔)함을 나타낸 말.

5) 한(漢)나라 적공(翟公)이 고관이 되자 손님이 문에 가득하더니, 파직되자 문 앞에 참새 그물을 칠만큼 한산해졌다.

6) 장(藏)과 곡(穀) 두 사람이 함께 양을 치다가 모두 양을 잃었는 데, 장은 글을 읽고, 곡은 쌍륙(雙六)을 치면서 놀았으니, 하는 일은 달라도 양 잃은 것은 마찬가지였다.

7) 아무리 망했다고 외쳐도 실제로는 살아 있다는 말.

8) 《장자(莊子)》에 나오는 말.

9) 《장자》에 나오는 혜자(惠子)의 말.

10) 상산(商山) 꼭대기. 진(秦)나라 말년에 은자(隱者) 사호(四皓)가 숨어 살던 곳.

11) 《장자》에 나오는 말.

이 문혜군(文惠君)을 깨우쳤고, 수레바퀴 깎는 목수가 제환공(齋桓公)에게 대답했네.[12]

돌아가리로다. 노자(老子)가 놀던 곳을 물어보자. 쓰임은 꼭 무용(無用)을 기약하고,[13] 구하는 것은 구함이 없는 것에 지나지 않네. 나비 날개가 되면[14] 기쁘지만, 오리 다리를 이어주는 것은[15] 걱정거리라네. 그윽한 방에서 흰 빛[16]을 보고, 좋은 밭에 신령스런 단(丹)을 심자. 그림자를 잡는 것은 꼭두각시[幻]요, 배에 새기는 것은 어리석은 일일세. 역사(櫟社)의 못난 재목은 목숨을 보전하고[17] 신구(神丘)의 깊은 구멍에 몸을 편하게 하라.[18] 공명(功名)은 천명(天命)을 기다릴 것이요, 늘그막엔 돌아가 쉬어야 하네. 뜬 구름 자취 없이 가는대로, 마른 나무 등걸이 물에 둥실 떠 흐르듯이.

아하! 그만두리로다. 천지 사이에 차고 비는 것이 스스로 때가 있네. 몸가짐을 고호(賈胡)처럼 하라.[19] 쌀을 설익혀 먹고,[20] 부산스레 어디로 가려는가. 바람을 내는 도끼는 영(郢)

---

12)《장자》에 나오는 말.
13) 무용(無用)은 유용(有用)이 된다는 장자의 사상에서 나온 말.
14) 장주(莊周)가 꿈에 나비가 된 이야기.
15) 장자는 오리 다리가 비록 짧으나 이으면 근심이라고 했다.
16) 흰 빛에 길상(吉祥)이 머문다고 했다.
17) 역사의 나무가 오래 산다는 장자의 말.
18) 신구 밑의 구멍에서 사람의 해침을 피한다는 장자의 말
19) 장사하는 되놈이 구슬을 감추기 위하여, 제 배를 가르고 그 속에 넣는다는 어리석음.
20) 공자가 제나라를 떠날 때 바빠서 쌀을 익히지 못한 채 떠났다 한다.

땅의 바탕[21]을 생각하고, 유수곡(流水曲)의 거문고는 종자기
(鍾子期)[22]를 그리워하네. 식은 재[灰]에 오줌눈다고 더워질
건가, 연기에 그을린 곡식을 심은들 싹이 돋으랴. 술을 마셔
회포를 풀고, 시(詩)짓는 것으로 흥을 돋우네. 홍진(紅塵) 바
라보면 고개가 움츠려지내, 사람의 마음이란 얼굴을 대해도
정작 구의산(九疑山)[23]일세.

---

21) 춘추시대 영(郢) 땅 사람의 이야기로 장자에 나온다.
22) 백아(伯牙)의 음악 소리를 알아들은 사람.
23) 순(舜)임금을 장사지낸 창오산(蒼梧山).

삼국유사(三國遺事)

일연(一然)

일 연(一然)

  속성(俗性)은 김씨(金氏), 처음 이름은 견명(見明), 자는 회연(晦然)이다. 희종(熙宗) 2년(1206)에 나서 충렬왕(忠烈王) 15년(1289)에 입적(入寂)했으니 나이 84세였다. 그는 청년 시절에 출가(出家)해서, 몽고의 침입을 목격하고, 천하가 모두 호복(胡服)을 입고 원(元)나라에 굴복하는 것을 보고는 심중에 치솟는 분노를 금치 못했다. 이에 그는 이《삼국유사》를 통해 화려했던 신라의 낭만을 되새겨 보고 싶었던 것이다. 이 삼국유사는 당시의 다른 사서(史書)에서는 볼 수 없는 체제의 부정연(不整然)함과 탄괴(誕怪) · 잡박(雜駁)한 글이 많은데, 이런 것이 오히려 오늘날 이 책을 더욱 귀한 문화의 재보(財寶)로 만들고 있다. 우선 이 삼국유사에는 많은 신화(神話)와 전설이 수록되어 있어, 가위 설화 문학(說話文學)의 보고(寶庫)라 할 만하다. 단군신화(檀君神話)를 비롯하여, 고구려 · 신라 · 가야 등의 건국신화와 신라 중심의 호국 인문(護國人文)이 수록되어 있으며, 또 우리나라 최고의 정형시가(定型詩歌)인 향가(鄕歌) 14수(首)가 실려 있어, 국문학 관계로도 사서(史書) 이상의 귀중한 보전(寶典)이 되기도 한다.

연오랑(延烏郞)과 세오녀(細烏女)

신라 제8대 아달라왕(阿達羅王) 즉위 4년 정유(丁酉)에 동해 바닷가에 연오랑과 세오녀 부부가 살고 있었다. 어느 날 연오랑이 바다에 나가 미역을 따고 있는데, 갑자기 바위[1] 하나가 나타나더니 그를 싣고 일본으로 갔다. 이것을 본 그 나라 사람들이 "이는 보통 사람이 아니다" 하고 그를 세워서 왕으로 삼았다.

세오녀는 남편이 돌아오지 않는 것을 이상히 여겨 바닷가에 나가 찾아보니 남편이 벗어 놓은 신이 있었다. 그것을 보고 그 바위에 올라갔더니 그 바위도 또한 그녀를 싣고 전과 같이 일본으로 갔다. 그 나라 사람들이 놀라고 이상히 여겨 왕에게 아뢰어 부부가 서로 만나게 하고, 그녀를 세워서 왕비를 삼았다.

이때 신라에서는 해와 달의 광채가 사라졌다. 일자(日者 :

---

1) 혹은 물고기라고도 한다.

천문을 보고 길흉을 예언하는 사람)가 아뢰기를, "해와 달의 정기(精氣)가 우리나라에 내렸었는데, 지금 일본으로 가버렸기 때문에 이러한 괴이한 일이 생기는 것입니다" 했다. 왕이 사자(使者)를 보내서 두 사람을 찾으니, 연오랑이 말하기를, "내가 이 나라에 온 것은 하늘이 시킨 일인데 지금 어찌 돌아갈 수 있겠는가? 그러나 내 아내가 짠 고운 비단이 있으니 이것을 가지고 하늘에 제사를 드리면 될 것이다" 하고 비단을 내주었다.

사자가 돌아와 사실을 아뢰고 그 말대로 제사를 지냈더니, 해와 달이 전과 같이 밝아졌다. 그 비단을 임금의 창고에 간수하여 국보로 삼고, 그 창고를 귀비고(貴妃庫)라고 했다. 하늘에 제사지낸 곳을 영일현(迎日縣) 또는 도기야(都祈野)라고 한다.

도화녀(桃花女)와 비형랑(鼻荊郎)

제25대 사륜왕(舍輪王)의 시호는 진지대왕(眞智大王)이니,
성은 김씨(金氏)요, 비(妃)는 기오공(起烏公)의 딸 지도부인
(知刀夫人)이다. 대건(大建)[1] 8년 병신(丙申)에 즉위해서 나
라를 다스린 지 4년만에 정치가 어지럽고 주색에 빠져 나라
사람들이 그를 폐했다.

이보다 앞서 사량부(沙梁部) 민가의 여인 하나가 얼굴이
아름다워서 당시에 도화랑(桃花娘)이라 불렀다. 왕이 이 소
식을 듣고 궁중을 불러 가까이 하려 하자, 그녀는 말하기를,
"여자가 지킬 일은 두 남편을 섬기지 않는 것이온데, 남편이
있는데도 남에게로 가는 일은 비록 천자의 위엄을 가지고라
도 맘대로 하지 못할 것입니다" 했다.

왕이 말하기를, "너를 죽인다면 어찌하겠느냐?" 하자, 여
인은, "차라리 거리에서 베임을 당하더라도 남에게로 가는

---

1) 진(陳)나라 선제(宣帝)의 연호.

것은 원치 않습니다" 한다. 왕이 다시 희롱으로 말하기를,
"네 남편이 없으면 되겠느냐?" 하니, 여인은 "없으면 되겠습
니다" 했다. 이에 왕은 그녀를 놓아 돌려보냈다.

이 해에 왕이 폐위되고 죽었는데, 그 후 3년이 되자 그 여
인의 남편도 또한 죽었다. 10여 일이 지난 어느 날 밤중에 왕
이 평시와 같이 여인의 방에 들어와 말하기를, "네가 옛날 승
낙한 적이 있었는데, 지금 네 남편이 없으니 되겠느냐?" 했
다. 그러나 여인은 쉽게 승낙하지 않고 부모에게 고하니, 부
모는 말하기를, "임금의 명령인데 어찌 피할 수 있겠느냐?"
하고, 딸을 그 방에 들여보냈다.

왕은 거기에서 7일 동안 머물렀는데, 항상 오색 구름이 지
붕을 덮고 향기가 방에 가득하더니 7일 후에 갑자기 왕의 자
취가 없어졌다. 여인은 이로부터 태기가 있어, 달이 차서 장
차 해산하려 하는데, 천지가 진동하는 소리가 나더니 한 남
자아이를 낳아 이름을 비형(鼻荊)이라 했다.

진평대왕(眞平大王)이 그 이상한 소문을 듣고 궁중에 거두
어 길러 나이 15세가 되자 집사(執事) 벼슬을 주었다. 그러나
그는 밤마다 도망해 나와서 멀리 가서 놀기 때문에, 왕은 용
사(勇士) 50명을 시켜서 지키게 했더니, 그는 매양 월성(月
城)을 뛰어넘어가서 서쪽 황천(荒川) 언덕 위에서 귀신의 무
리와 노는 것이었다.

용사들이 숲 속에 숨어서 엿보았더니 귀신의 무리가 여러
절의 새벽 종소리를 듣고 흩어져 가버리면 비형랑도 역시 돌
아오는 것이었다. 용사들이 이 사실을 보고하자, 왕은 비형
랑을 불러 "네가 귀신들을 데리고 논다니 그게 사실이냐?"

하자 그는 대답하기를, "그렇습니다" 한다.

이에 왕은 다시 "그렇다면 너는 그 귀신의 무리를 시켜서 신원사(神元寺)[2] 북쪽 개천에 다리를 놓도록 하라" 하니, 비형랑은 명령을 받고 귀신의 무리를 시켜 돌을 다듬어 하룻밤 사이에 큰 다리를 놓았다. 그래서 이 다리를 귀교(鬼橋)라고 했다.

왕은 또 묻기를, "귀신들 중에서 사람으로 현신해서 조정 정사를 도울 만한 자가 있느냐?" 하자 대답하기를 "길달(吉達)이란 자가 가히 나라 정사를 도울 만합니다" 했다. 왕이 "그러면 그 자를 데리고 오도록 하라" 했다.

이리하여 이튿날 비형랑은 그를 데리고 와서 왕을 배알했다. 왕이 그에게 집사(執事) 벼슬을 주었더니, 과연 충성되고 곧기가 비할 데 없었다.

이때 각간(角干) 임종(林宗)이 아들이 없었으므로, 왕은 명령하여 길달을 그 아들로 삼게 했다. 임종은 길달에게 명하여 흥륜사(興輪寺) 남쪽에 문루(門樓)를 세우게 하고, 밤마다 그 문루 위에 가서 자도록 했기 때문에 그 문루를 길달문(吉達門)이라 했다.

그러던 어느 날 길달이 여우로 변해서 도망하자, 비형은 귀신의 무리를 시켜서 잡아 죽였다. 그런 때문에 귀신의 무리는 비형의 이름만 들어도 두려워해서 달아났다.

그때 사람들이 글을 지어 말했다.

---

2) 경북 월성군 내남면(內南面) 탈동사 신원평(神元坪)에 있던 절.

성제(聖帝)의 혼이 아들을 낳았으니, 바로 비형랑의 집이
이곳일세.
날고 뛰는 잡귀들아, 여기에는 머무르지 말라.

향속(鄕俗)에 이 글을 써서 귀신을 물리치는 일이 있다.

천사옥대(天賜玉帶)[1]

제26대 백정왕(百淨王)의 시호는 진평대왕(眞平大王)이니, 성은 김씨(金氏)이다. 대건(大建) 11년 기해 8월에 즉위했는데, 키가 11척이라, 내제석궁(內帝釋宮)[2]에 거둥하여 섬돌을 밟자 돌 세 개가 한꺼번에 부서졌다. 왕이 좌우에게 말하기를, "이 돌을 그대로 두어 후세 사람에게 보여주라" 했으니, 이것이 바로 성 안에 있는 다섯개의 움직이지 않는 돌 중의 하나다.

왕이 즉위한 원년에 천사(天使)가 대궐 뜰에 내려와 왕에게 말하기를, "상세(上帝)께서 내게 맹하여 이 옥대(玉帶)를 전하라 했습니다" 하므로 왕이 꿇어앉아 이것을 받자 천사는

---

1) 청태(淸泰) 4년 5월에 정승(正承) 김부(金傅)가 금으로 새기고 옥으로 장식한 허리띠 하나를 바쳤다. 그 길이는 10위(圍)로, 장식은 62개나 되었다. 이것을 진평왕의 천사옥대라고 하는데, 고려 태조는 이것을 받아 내고(內庫)에 간직해 두었다.

2) 천주사(天柱寺)라고도 하는데 왕이 창건했다.

하늘로 올라갔다. 모든 교사(郊社)[3]나 종묘의 큰 제사 때면 언제나 이것을 띠었다.

그 후에 고려왕(高麗王)이 장차 신라를 치려 하여 말하기를, "신라에는 세 가지 보물이 있어서 침범할 수 없다고 하니 그게 무엇이냐?" 하니 대답하기를, "황룡사 장륙존상(丈六尊像)이 그 하나요, 그 절에 있는 구층탑(九層塔)이 그 둘이요, 진평왕(眞平王)의 천사옥대가 그 셋입니다" 하자, 고려는 침략할 계획을 중지했다.

찬(贊)해 말한다.

구름 밖 하늘이 주신 옥대는, 임금의 곤룡포에 알맞네.
우리 임금 이제부터 몸이 더욱 무거우니, 다음에는 쇠로
섬돌을 만들까 하네.

---

3) 하늘과 땅에 제사지내는 것. 동지(冬至)에 하늘에 제사지내는 것을 교(郊), 하지(夏至)에 땅에 제사지내는 것을 사(社)라고 한다.

관어대부(觀魚臺賦)

이색(李穡)

이색(李穡)

　고려의 문신(文臣)이자 충신(忠臣). 삼은(三隱)의 한 사람. 호는 목은(牧隱). 처음에 원(元)나라에 가서 국자감(國子監)의 생원(生員)으로 성리학(性理學)을 연구했고, 국사원 편수관(國史院編修官)을 지낸 뒤에, 귀국하여 이부시랑(吏部侍郎)을 거쳐 우간의대부(右諫議大夫)가 되어 유학(儒學)에 의거한 삼년상(三年喪) 제도를 실시하게 했다. 대사성(大司成)이 되어 성균관의 학칙을 새로 제정하고 김구용(金九容)·정몽주(鄭夢周)·이숭인(李崇仁) 등을 학관(學官)으로 채용하여 성리학의 발전에 공헌했다. 이성계 일파가 세력을 잡게 되자 장단(長湍)에 유배, 다시 함창(咸昌)으로 이배(移配)되었다가 청주(淸州) 감옥에서 석방되었다. 그러나 여강(驪江)에서 죽게 된다. 그는 문하(門下)에 권근(權近)·김종직(金宗直)·변계량(卞季良) 등을 배출하여 조선 성리학의 주류를 이루게 했다. 문장과 시에 능하여 많은 시문(詩文)을 남기기도 했다.

관어대부(觀魚臺賦)

관어대(觀魚臺)는 영해부(寧海府)에 있다. 동해(東海) 석벽(石壁) 밑에 있어서, 노는 물고기를 셀 만하기 때문에 이렇게 이름한 것인데, 이 부(府)는 나의 외가(外家)이기도 하여, 이를 위하여 작은 부(賦)를 지어 중국에 전해지기를 바란다.

단양(丹陽)[1] 동쪽 바닷가, 일본(日本) 서편 물가에 큰 물결이 아득하여 딴 것이 보이지 않네. 움직이면 태산이 무너지는 듯, 고요하면 거울을 깔아 놓은 듯, 풍백(風伯)이 풀무질을 하는 곳, 해신(海神)이 거처하는 집, 큰 고래가 떼지어 희롱하면 하늘이 흔들리고, 사나운 새가 혼자 날면 그림자가 노을에 닿네.

그것을 굽어보는 이 대(臺), 눈 아래 당이 없다. 위에는 한 하늘, 밑에는 한 물, 망망한 그 사이 천리인가, 만리인가. 대 밑에는 물결이 잔잔, 물고기들이 모이는데, 같은 놈, 다른 놈들, 어

---

1) 영해부(寧海府)의 별칭.

릿어릿하고 꼬리치면서 각기 제 멋대로 임공(任公)의 미끼는 엄청나니, 내가 감히 엄두도 못낼 것, 태공(太公)의 낚시는 곧았으니 내가 바라지도 못할 것.

아아! 우리 사람이 만물의 영장(靈長)으로, 내 몸도 잊고 그 즐거움을 즐기며, 그 즐거움을 즐기다가 편안하게 자연으로 돌아가리라. 외물(外物)과 내가 한 마음이요, 예〔古〕와 이제가 한 이치라. 뉘라서 구복(口腹)에 몰두(沒頭)하여 군자(君子)의 버리는 바가 되랴.

슬프다. 문왕(文王)이 이미 가셨으니, 가득 차기를 생각하나 발돋움하여 볼 길 없고, 공자(孔子)께서 떼를 타고 오시면, 또한 이것을 즐기시리.[2] 더구나 어약(魚躍)[3]의 구절은 중용(中庸)의 대지(大旨)이니, 몸이 마치도록 그 뜻에 잠겨서 자사(子思)님을 스승으로 받들리.

---

2) 문왕(文王)이 연못의 물고기를 읊은 시에, "가득히 물고기가 뛰는구나.〔於物魚躍〕" 하였고, 공자는 말하기를, "도가 행해지지 않으니, 나는 떼를 타고 바다에 뜨려 하노라" 했다.
3) "솔개는 날아 하늘에 닿고 물고기는 연못에 뛰는구나〔鳶飛魚躍〕" 하는 《시경(詩經)》의 구절을 《중용(中庸)》에서 인용하여 도(道)의 이치를 말했다.

필원잡기(筆苑雜記) 초(抄)

서거정(徐居正)

서거정(徐居正)

세종~성종 때의 문신이자 학자. 호는 사가정(四佳亭). 문과에 급제하고, 문신정시(文臣庭試)에 장원했다. 이조참의로 있을 때 사은사(謝恩使)로 명나라에 가서 그 곳 학자들과 문장과 시를 논하여 해동(海東)의 기재(奇才)라는 찬탄을 받았다. 귀국 후 대사헌이 되고 조선시대 최초로 양관 대제학(兩館大提學)이 되었으며 발영시(拔英試)에 또 장원하여 6조(曹)의 판서를 두루 지내고 좌찬성(左贊成)에 올라, 좌리공신(佐理功臣)으로 달성군(達城君)에 봉해졌다. 여섯 왕을 섬겨 45년간 조정에 봉사했다. 문장과 글씨에 능했으며, 성리학(性理學)을 비롯하여 천문·지리·의학 등에 이르기까지 모두 정통했다. 많은 저술이 있는데, 이 글은 그의 유명한 필원잡기 속에서 뛰어난 부분을 뽑은 것이다.

필원잡기(筆苑雜記) 초(抄)

고기(古記)에 이르기를, "단군이 요(堯)와 같은 해에 나라를 세워, 우(虞)·하(夏)를 지나고 상(商)의 무정(武丁) 8년 을미(乙未)에 이르러 아사달산(阿斯達山)에 들어가서 신(神)이 되었는데, 향년(享年)이 1천 48이었다" 했으나 당시의 문적이 전하지 않아서 그 참인지 거짓인지 상고할 수 없고, 지금까지 그대로 전해져서 고기(古記)로써 적은 것이다.

거정(居正)은 생각하건대, 요의 시대에는 인류의 문화가 밝게 선양(宣揚)되었으나, 하(夏)·상(商)에 이르러 세상이 점점 요박(澆薄)해져서, 임금이 왕위에 있는 것이 4, 50년에 지나지 않았고, 사람의 수명은 상수(上壽)는 백년, 중수(中壽)는 6, 70년, 하수(下壽)는 4, 50년에 지나지 않았는데, 어찌 단군만이 천백 년에 가까운 수를 누리고 한 나라의 왕위에 있었으리오? 그 말이 거짓임을 알겠다.

또 이르기를, "단군이 아들 부루(扶婁)를 낳았으니, 이가 동부여(東扶餘)의 왕이 되었다. 우(禹)의 시대에 이르러 제후

(諸侯)를 도산(塗山)에 모을 때에 단군이 부루를 보내어 조회
했다" 했으나, 그 말은 근거가 없다. 만일 단군이 오래도록
왕위에 있었고, 부루가 도산의 모임에 갔었다면, 비록 우리
나라의 문적(文籍)은 미비했지만 중국의 글에는 어찌 한 마
디 말도 이를 기록한 것이 없단 말인가? 단씨(檀氏)가 서로
대를 전하여 나라를 이은 햇수가 1천 48년인 것은 의심이 없
다. 문충공(文忠公) 권근(權近)의 시에 이르기를,

아득한 옛말을 들으니, 단군이 박달나무에 내려왔다네.
몇 대를 전했는지는 알 수 없으나, 나라의 햇수는 천 년을 지
났네

했으니, 대개 그 대를 전해서 역년(歷年)이 오래된 것을 말한
것이다.

기자(箕子)를 조선에 봉한 것이 주(周)나라 무왕(武王)의
기묘년이었으며, 그 뒤에 임금 준(準)에 이르러, 한(漢)의 고
조(高祖) 병오년에 위만(衛滿)이 침입하여 배를 타고 남쪽으
로 피했는데, 기씨(箕氏)가 평양에서 도읍한 것이 8백 78년
이며, 기준(箕準)이 금마군(金馬軍)에 도읍하여 이를 마한(馬
韓)이라 했다.
사군 이부(四郡二府)의 시대를 지나서, 백제 온조왕(溫祚
王) 26년 무진에 망했으니, 이것이 또 1백 40여 년이다. 김부
식(金富軾)의 《삼국사기(三國史記)》에는, 백제 왕이 마한을
습격해서 탈취했다고만 기록했고, 기씨(箕氏)의 세계(世系)

는 명백히 말하지 않은 것은, 당시에도 반드시 상고할 수 없었기 때문일 것이다.

　우리 동국(東國)의 필법(筆法)은 김생(金生)이 제일이고, 학사(學士) 요극일(姚克一)과 중 탄연(坦然)·영업(靈業)이 둘째가 되는데, 이들은 모두 우군(右軍；王羲之)을 본받았다. 이규보(李奎報)가 일찍이 평론한 데에는, 최충헌(崔忠獻)으로 신품(神品) 제일을 삼고, 탄연은 둘째로 삼고, 유신(柳紳)으로 셋째를 삼았으니, 이는 권귀(權貴)에 아부한 것이요, 공정한 평본이 아니다.

　원(元)나라로부터 내려오면서 글씨를 배우는 자는 모두 조맹부(趙孟頫)의 법을 배웠다. 조맹부의 수적(手跡)이 온 세상에 퍼져서, 그것이 우리나라에 유전(流轉)한 것을 내가 본 것만도 수백 본이 되었는데, 묵적(墨跡)이 새 것과 같다. 그 보지 못한 것이 얼마인지 알지 못하겠으며, 온 세상에 흩어진 것이 또 얼마인지 알지 못하겠고, 조(趙)로부터 지금까지의 시대가 오히려 멀며, 우리나라는 한쪽 구석에 있으나 조(趙)의 필적은 오히려 많이 얻어 볼 수 있는데, 당(唐)으로부터 진(晉)까지의 시대는 서로 멀지 않은데도, 당의 문황(文皇)은 천자의 큰 힘으로써, 왕희지의 진적(眞跡)을 구할 때에 소익(蕭翼)을 보내서 많은 고난을 겪은 뒤에 얻은 것은 무슨 까닭인가? 기사 연간에 학사(學士) 예겸(倪謙)이 사신으로 와서 말하기를, "조공(趙公)의 필적은 중국에서도 보기 힘들다" 했으니, 대개 우리나라에 많이 있는 것을 감탄한 말이다. 그윽이 말하건대, 고려 충선왕(忠宣王)이 원나라 서울에 들어

가서 만권당(萬卷堂)을 짓고, 날마다 당시의 명유(名儒)들과 함께 조용히 논담(論談)했는데, 조공도 그 중의 한사람이었다. 우리나라 문유(文儒)로 이제현(李齊賢) 선생 같은 이가 시종하기를 또한 많이 했다. 왕이 본국으로 돌아올 때에 문적과 서화 만첨(萬籤)을 싣고 왔으니, 조공의 수적이 우리나라에 많은 것은 대개 이 때문이다. 우리나라에서 조공의 필법의 정신을 얻은 이는 행촌(杏村) 이암(李嵒) 한 사람 뿐이다.

김생(金生)은 신라 원성왕(元聖王) 때 사람인데, 글씨에 능한 것으로 유명했다. 송(宋)나라 숭녕(崇寧) 때에 고려의 학사 홍관(洪瓘)이 송나라에 들어갔더니 한림대조(翰林待詔) 양구(楊球)와 이혁(李革)이 황제의 명을 받고 그림 족자를 쓰는데, 홍관이 김생의 행서와 초서 한 권을 보이니 두 사람이 크게 놀라면서 말하기를, "오늘에 우군(右軍)의 진적(眞跡)을 얻어 볼 줄은 생각지 못했다" 하므로, 관이 말하기를, "이것은 신라 사람, 김생의 글씨다" 하니, 두 사람이 웃으면서 말하기를, "천하에 우군(右軍)을 빼놓고 어찌 이 같은 묘필(妙筆)이 있으리오" 하면서, 관이 아무리 변증해도 끝내 믿지 않았다. 근간에 조 학사(趙學士) 자앙(子昻 ; 조맹부)의 창림사비발문(昌林寺碑跋文)을 보니, 이르기를, "위의 글씨는 당나라 때 신라의 중 김생이 쓴 것이다. 그 나라 창림사비는 자획이 매우 법도가 있어서, 비록 당나라 사람의 명각(名刻)이라도 이보다 크게 낫지 못할 것이다. 옛말에, '어느 땅인들 나무가 나지 않으리오' 한 것이 과연 옳다" 했으니 조 학사의

이 발문을 보면 김생의 필법이 고금에 뛰어났던 것을 알겠
다.

　문창후(文昌侯) 최치원(崔致遠)이 당나라에 들어가서 과거
에 오르고, 고병(高騈)의 종사(從事)로서 황소(黃巢)를 토벌
했는데, 그 격문(檄文)에, "천하 사람이 모두 드러내서 죽이
기를 원할 뿐 아니라, 지중(地中)의 귀신도 이미 음(陰)으로
베이기를 의논하리라" 한 글구에 이르러, 황소가 읽다가 저
도 모르는 사이에 상(床)에서 내려왔으니, 이로 인하여 이름
이 천하에 드러났다. 지금 그 계원필경(桂苑筆耕)은 읽지 못
할 곳이 많으니, 당시의 기습(氣習)이 이같은 것인지, 혹은
동방의 문체가 예과 같지 않아서인가?
　신라의 글이 지금에 전한 것은 전혀 없고, 다만 원효와 설
총이 지은 것 한두 편이 있을 뿐이다. 내가 일찍이 신라에서
당나라에 바친, 비단에 수놓은 오언고시(五言古詩)와, 고려
의 을지문덕이 우중문(于仲文)에게 준 오언사구(五言四句)는
모두 절묘한 경지에 이르렀다. 당시 글에 능한 선비가 적잖
았으나 지금 그 만분의 일도 전하는 것이 없으니 애석하도
다.

　당나라의 학사 고운(顧雲)이 최치원이 고향으로 돌아가는
시에,

　열두 살에 배를 타고 건너와서, 문장이 중화를 감동시켰네.

한 것이 있고, 또 어떤 사람이 치원에게 지어 준 글에,

　　무협(巫峽) 12봉(峰)의 나이(12세)에 중화에 들어왔다가, 은
하(銀河) 열수(列宿)의 나이(28세)에 비단옷으로 그 나라에 돌
아가네

했으니, 이는 대개 12살에 당나라에 들어왔다가 28세에 돌아
온 것을 뜻한다.

　본국에 돌아온 뒤의 벼슬과 행적은 상고할 수가 없는데,
혹은 말하기를,

　　그 때 마침 세상이 어지러워 가야산 해인사(海印寺)에 숨어서
중들과 한가롭게 놀았으며, 공이 쌓은 영주(瀛州) 등 삼산(三山)
과 홍류동(紅流洞) 봉아석(鳳牙石)과 서암(書岩)의 유적은 지금
도 완연하나, 그의 죽은 곳을 알지 못하는데, 세상에서는 신선
이 되어갔다

고 말한다.

　상고해 보건대, 당나라 희종(僖宗) 12년 을사, 신라 헌강왕
(憲康王) 11년에 치원이 황제의 조서를 받들어 돌아왔고, 10
년을 지난 갑인년, 진성왕(眞聖王) 8년에 시무(時務) 십여 조
(十餘條)를 올리자, 왕이 가상히 여겨 받아들였다 한다. 그
때 후백제의 견훤(甄萱)이 완산(完山)에 웅거하여 반(叛)한
것이 이에 3년이 되었으며, 25년을 지나서 무인년에 고려 태
조 왕건(王建)이 나라를 세웠고, 또 10년을 지나 정해년에 견

훤이 신라에 들어가서 임금을 죽였는데, 치원의 나이 그 때
70이었으니 크게 노쇠하지 않았을 것인데, 그 거취(去就)를
상고할 바가 없으니 의심스럽다.

인재설(人才說)

김시습(金時習)

김시습(金時習)

　세종~성종 때의 생육신(生六臣)의 한 사람. 호는 매월당(梅月堂) ·
동봉(東峰). 5세에《중용(中庸)》·《대학(大學)》에 능통하여 신동(神童)
으로 이름이 났다. 삼각산 중학사(重學寺)에서 공부하다가 수양대군
(首陽大君)이 왕위(王位)에 올랐다는 소식을 듣고 통분하여 책을 태워
버리고 중이 되어 이름을 설잠(雪岑)이라 하고 방랑의 길을 떠났다.
그 후에 경주 남산에 금오산실(金鰲山室)을 짓고 다시 독서를 시작하
여 금오신화(金鰲新話) 등 많은 저서를 썼다. 47세 때에 환속(還俗)하
여 절개를 지키면서, 불교·유교의 정신을 아울러 포섭한 사상과 탁
월한 문장으로 일세를 풍미했다. 이 글은 그의 저서《매월당집(梅月堂
集)》에서 뽑은 것이다.

인재설(人才說)

인재(人才)는 국가의 주석(柱石)이다. 그런 까닭에 나라를 다스리는 데는 인재를 얻는 것으로 근본을 삼으며, 교화(教化)를 일으키는 데는 인재를 기르는 일을 먼저 하는 것이니, "성(盛)하고 많은 선비가 문왕(文王)을 편하게 했다"고 하는 것은 문왕의 인재를 얻은 것을 찬미한 것이요, "씩씩한 무부(武夫)들은 공후(公侯)의 간성(干城)이다"한 것은 문왕의 교화(教化)를 찬미한 것이며, "솔개는 하늘을 날고 물고기는 못에서 뛴다. 인자한 군자여! 어찌 인재를 만들지 않으랴!"한 것은 문왕의 인재를 만든 것을 찬미한 것이다.

이제 문왕이 죽은 지 이에 2천 년이 지났어도 그의 시(詩)를 외우고 그 세상을 생각하니, 주(周)나라 때의 교화의 성함이나 선비들의 많은 것이 이에 이르렀다는 것을 오히려 완전히 상상(想像)할 수 있으니 어찌 아름답지 않은가?

아아! 왕자(王者)가 인재를 얻는 것도 몹시 어려우며, 인재가 성한 세상을 만나는 것도 쉽지 않다. 천 길을 나는 봉(鳳)

은 가시나무에 앉지 않으며, 깊은 못의 용은 얕은 물에서 놀지 않는 것이니, 봉이 가시나무에 앉으면 매미나 비둘기가 겨루면서 조소할 것이요, 용이 얕은 물에서 놀면 거머리나 지렁이도 앞뒤에서 공격하면서 조롱할 것이다.

반드시 봉은 깊은 산의 아름다운 대숲 속에서 날개치고, 용은 용문(龍門)의 세찬 물결 속에서 헤엄친 뒤에라야 비로소 그 신령스러움을 나타내고 그 상서로움을 드러내어, 보는 사람들이 모두 진기(珍奇)하게 여기지 않는 자가 없이 경하할 것이다. 인재도 또한 그러하여, 성치(盛治)의 세상에 태어나 요순같은 조성에 있은 후에라야 비로소 그의 포부(抱負)를 다할 수가 있으며, 사람도 뛰어난 재주라고 해서 그의 본래 품은 뜻을 펼 수 있을 것이다.

만일 혹 그렇지 못하면 머뭇거리고 나가지 못하며, 비늘을 감추고 날개를 움츠려 날지 못하고, 반드시 간사한 무리의 비방을 당할 것이다.

또 하늘은 인재를 아끼지 않아 대마다 인재가 끊어지지 않으나, 그 때를 만나지 못하면 함부로 나오지 않으며, 비록 그 때를 만났다 해도 스스로 나서기 어려울 것이다. 그런 까닭에 꿈에 보이지 않았다면 고종(高宗)은 그의 정승 부열(傅說)[1]을 얻지 못했을 것이요, 태공(太公)이 위수(渭水)에서 낚시질을 하지 않았으면, 서백(西伯)[2]이 그의 스승 여상(呂尙)

---

1) 은(殷)나라 고종(高宗)이 어느 날 꿈에서 깨어, 꿈에 본 인상(人相)을 그리게 하여 이를 찾았더니, 마침내 부열(傅說)을 얻어 정승을 삼았다 한다.

을 얻지 못했을 것이다.

구름은 반드시 용을 따르고 바람은 반드시 범을 따르는 것이니, 비록 각각 그 유(類)를 따른다 해도, "나타난 용이 밭에 있다"고 하고, "나는 용이 하늘에 있다"고 하는 데에 대해, 모두 "대인(大人)을 보는 것이 이롭다"고 했으니, 이는 나타나고 나아갈 수 있는 때를 만나고자 한 것이다.

만일 성(聖)스러운 임금을 만나지 못하면 오히려 마음이 기쁘지 못하거늘 하물며 그 나머지 임금이겠는가? 옛날 역사를 보면 자세히 알 수가 있다.

주(周)나라가 쇠하자, 공자와 맹자는 성(聖)스러운 지혜로서도 천하를 사방으로 돌아다니면서 발자취를 깎이고 나무를 베어, 가는 곳마다 맞아주지 않아서 마침내 돌아다니는 것으로 늙었고, 서한(西漢)의 동중서(董仲舒)[3]는 대의(大義)를 가지고서도 그 뜻을 펴지 못했고, 가의(賈誼)[4]는 교화(教化)를 경장(更張)하고자 했으나 마침내 내쫓김을 당했고, 동한(東漢)의 어진 선비들이 모두 당고(黨錮)의 화[5]를 당했고, 진(晉)나라의 높은 선비들은 다투어 현허(玄虛)한 데로 돌아갔으며, 당(唐)나라 한유(韓愈)[6]는 스스로 맹자에 비유하다

<hr>

2) 은나라 주왕(紂王)이 문왕을 서방 제후의 장(長)을 삼은 데서 문왕을 가리켜 하는 말.
3) 전한(前漢) 무제(武帝) 시대의 학자.
4) 전한(前漢) 문제(文帝) 때의 문신(文臣)으로 박사(博士)에서 태중대부(太中大夫)가 되었음.
5) 후한(後漢) 환제(桓帝) 때 진번(陳蕃)·이응(李膺) 등의 우국지사가 환관의 발호를 공격하다가 도리어 그들의 화를 입은 사건.

가 남쪽으로 멀리 귀양갔었고, 송(宋)나라의 군자들은 성현의 심법(心法)을 얻어 전해지지 않은 도통(道統)을 전했으나 능히 도(道)를 행하지 못했을 뿐만 아니라, 혹은 위학(僞學)이라 지탄(指彈)을 받고, 혹은 사당(邪黨)이라고 배척을 받았으며, 오직 배척만 받았을 뿐만 아니라 비석에 새겨 희롱거리로 삼는 데까지 이르렀으니, 이것은 모두 인재가 때를 만나지 못한 것이며, 인재가 세상에 드물게 나는 것이 아니다.

아아! 목수(木手)된 자가 진실로 단점을 버리고 장점을 따른다면, 나무의 큰 것은 대들보나 기둥이 되고, 가느다란 것은 서까래나 문설주가 되고, 어린 나무의 줄기 같은 것도 다 쓸 수 있는 것은 모두 좋은 재목이 될 것이다. 또 의사된 자가 진실로 해로운 것을 버리고 마땅한 것을 쓴다면, 약을 갈아 환약을 만들고, 조제하여 탕약이나 산약(散藥)을 만드는 데 적전(赤箭)이나 청지(靑芝), 소오줌〔牛溲〕이나 말똥(말불버섯〔馬勃〕), 이끼나 버섯같은 것도 쓸 수 있는 것은 모두 좋은 약이 되기 때문이다.

남의 임금된 사람이 장차 나라를 잘 다스리고자 하여 사람을 알아서 능히 일을 맡기면, 높게는 장수나 재상을 삼고 낮게는 서관(庶官)을 삼는데, 비록 농사짓는 사람이나 질그릇 굽는 사람, 어부(漁夫)나 사냥꾼, 소먹이는 사람이나 고기장수 같은 사람도 모두 좋은 선비가 된다. 어찌 그 세대에 인재가 결핍되었다고 근심하겠는가?

---

6) 자는 퇴지(退之). 당나라 중기의 유자(儒者)이자 문장가. 당송팔대가의 한 사람.

그러잖으면 비록 어진 사람이나 군자라도 아랫자리에 처하여, 낮은 관직에서 능히 스스로 분발하여 피리를 잡고 적(笛)을 쥐고 춤을 추면서 그 석작(錫爵)을 자랑하지 못하고 창이나 둘러메고서, 저 후인(侯人)을 탄식할 것이니, 어찌 능히 청운(靑雲)[7]에 날개치고 풍운을 조화시켜, 평생의 품은 포부의 재주와 기운(氣運)을 떨칠 수 있으랴?

---

7) 입신출세(立身出世)를 말함.

고인정기(故人亭記)

표연말(表沿沫)

표연말(表沿沫)

　연산군 때의 문신. 호는 남계(藍溪). 문과에 급제하고 문과 중시(文科重試)에 급제하여 장령(掌令)·시독관(侍讀官)·사간(司諫) 등을 지냈다. 연산군 1년에 응교(應敎)로서 춘추관 편수관(春秋館編修官)이 되어 성종실록(成宗實錄)의 편찬에 참여했다. 다시 직제학으로 폐비(廢妃) 윤씨(尹氏)의 추숭(追崇)을 반대했으며, 그 후 승지·대사간을 지냈다. 문종비(文宗妃) 추복(追復)에 관한 사실을 사초(史草)에 적은 것과 김종직(金宗直)의 행장을 미화(美化)했다는 죄로 무오사화(戊午士禍)에 경원(慶源)에 유배되어 적지(謫地)에서 죽었다. 문장에 능했는데 이 글은 그 유배지에서 지은 것으로 유명한 글이다.

고인정기(故人亭記)

산음현(山陰縣) 북쪽 20리에 한 마을이 있으니 초곡(草谷)이라고 한다. 마을 어귀에 사수(社樹)[1]가 있어 땅 뒤에 서려 있다. 반공(半空)에 높이 솟아나와서 크기가 소를 덮을 만하고 드리운 그늘은 수레 백 채를 가릴 만하다. 바라보면 일산을 펴놓은 듯하고, 그 아득하기가 구름이 뭉친 것과 같아서, 사람들이 그 범상치 않은 것에 놀랐다.

남방의 군읍(郡邑)에 오래된 나무가 많지만 이 사수(社樹)에 견줄만한 것이 적다. 그 나무가 서 있는 곳은 남쪽으로 넓은 들에 임했고, 큰 내를 끼고 있기 때문에 바람을 받는 것이 특별히 많았다.

내가 지난해 여름부터 이 고을에 귀양살이를 하게 되어,

---

1) 한 마을에서 가장 큰 나무로 그 마을에서 신수(神樹)로 모신다. 《莊子》 내편(內篇) 인간세(人間世)의 역사수(櫟社樹)에 보라. 이 글은 그 글에서 암시(暗示)를 얻어서 쓴 것임.

이 마을 송군기동(宋君杞소)의 집에 있게 되었는데, 사수가 바로 집 문에 서 있다. 송군이 나를 위해서 공쟁이를 모아 흙을 파다가 나무 밑에 두텁게 돋워주고, 거기에 층계를 쌓고 난간을 둘러치고, 그 중간에 대로 만든 평상을 놓아서 앉고 눕는 데 편하게 했으며, 그 곁에 풀로 지붕을 해 인 헛간을 세워서 비를 피하게 했으니, 이는 내가 나가 놀기를 인도하기 위해서였다.

내가 이 나무를 보니 가지와 잎이 두껍게 가려져서 햇빛이 새어 나오지 못하니 서늘한 바람이 항상 머물러 있어, 그 밑에 앉아 있는 자로 하여금 모양이 바르고 습기가 없으며 터럭이 서늘해서, 조금 오래 있으면 피부와 골수(骨髓)가 맑고 정신이 서늘해서, 장위(腸胃)의 근심스러운 것을 씻고, 가슴 속의 막힌 것을 없애어 초연(超然)히 속세(俗世)에서 떠나간 듯하고 하늘 밖에 오른 듯하다.

송군의 두 아우와 배군(裵君) 형제가 매양 와서 함께 나무 그늘에서 놀았다. 때로 촌 막걸리와 채소 안주를 얻으면 문득 취하도록 마시고 즐겨하다가 피로하면 나무 뿌리를 베개 삼아 누워서, 서로 농사짓는 일과 물고기 잡는 일을 이야기하고, 날이 개고 비오는 것을 따지면서 밤이슬이 옷을 적시기에 이르러도 오히려 돌아가려 하지 않았다. 내가 귀양살이에 편안하고 고행을 잊은 것은 실은 이 나무에 힘입은 것이 아닌가 한다. 이에 현판을 걸어 고인정(故人亭)이라 한 것은, 그가 나에게 붕우(朋友)가 서로 의지하는 도리가 있기 때문이다.

이곳은 서울에서 수천 리를 떨어져서 땅이 궁벽하고 사람이 적어서, 평소에 찾고 만나는 즐거움이 없는 터이다. 이 나무를 돌아보면, 용의 몸에 국룡의 가지요, 서리를 이기는 가죽이요 이끼가 덮인 옷이어서, 모양이 기이하고 헌칠하며 기색(氣色)이 굳세어서 엄연히 선배와 덕이 있는 노인이 그 위에 있는 것 같아 사람으로 하여금 엄숙하게 공경한 마음을 이루어 감히 업신여기지 못하게 한다.

남쪽 지방은 늦더위가 자못 심해서 찌는 듯 번열이 나서 그 기세가 하루를 견딜 수가 없다. 그런데 이 나무가 능히 가지를 움직여 바람을 불며, 잎을 흔들어서 서늘하게 하면, 퉁소 소리 같은 음향이요, 서리와 눈과 같은 맑은 운치가 난다. 마치 친한 벗과 옛 친구로 더불어 가슴을 터놓고 회포를 펼치는 듯하여, 문득 그 풍운(風韻)과 청아(淸雅)한 금도(襟度)가 나를 일으키게 하는 바가 있다. 시를 읊으면 시의 격조(格調)가 청초하고, 거문고를 뜯으면 가락이 높이 울린다. 취흥(醉興)이 퍼져서 화창하고, 잠을 자면 마음이 맑고 화락하며 심지어 투호(投壺)[2] · 간서(看書) · 자다(煮茶)[3] · 위기(圍棋)에 이르기까지 모양이 고기(古奇)하고 소박하며 행동이 참담고 순진해서 보통 사람의 띠끌이 전혀 없어서, 마치 옛 그림속에서 보는 인물과 같았으니 이는 모두 이 나무의 힘이다. 또한 바른 사람과 같이 사는 것과 같아서 그 훈도(薰陶)의 유익함을 얻었다. 그러나 나는 본래 재목이 못나서 세상의 버

---

2) 화살같이 만든 청홍(靑紅)의 긴 막대기를 두 사람이 갈라 가지고 일정한 거리에 놓인 병 속에 던져 넣는 유희.
3) 차를 달임.

리는 바가 되었으나 나무는 스스로 천진(天眞)을 보존해서 일찍이 쓰여지기를 구하지 않았으니 서로 간섭할 바가 아닌 것 같으나, 내가 고인(故人)[4]으로 삼게 된 것은 무슨 까닭인가?

대개 이 나무는 본래 줄기가 울퉁불퉁하고 가지가 구부러졌으며, 장대(壯大)하고 마디가 많으며, 드문드문 진이 흘러서 동량(棟樑)이나 서까래·배나 수레를 만드는 데는 적합하지 않은, 이른바 쓸데없는 재목이다. 또 중앙 지방에는 나지 않고 이 먼 지방에 나서 왕공(王公)이나 대인(大人)이 알아주는 자가 없으니, 이는 세상에 쓰이지 못하는 것이 마침 나와 같다.

지금 나는 바탕이 질박하고 거칠며, 학문이 지리하고, 정력이 흐트러지고 의기가 이지러지고 성기어서, 그 중심이 텅 비어 있을 뿐만 아니라, 그 밖은 말라 있을 뿐이다. 천성은 또 거칠어서 세상과 어긋나기 때문에 마침내 내쫓겼으니, 이 또한 기미(氣味)가 서로 가까운 것이다. 나무는 비록 세상에 쓰이지 못했으나 우뚝하게 튀어나와서 하늘을 우러러보고 구렁에 늠름하게 솟아올라서 아무도 침범하지 못한다. 나는 비록 시기에 적합하지 못하나, 또한 자못 맑은 풍치를 지키고 외로이 서서 흔들리지 않고, 남에게 의지하지 않으니 어떤 군자는 또한 취할 바가 있을 것이다.

아아! 나무는 식물(植物)이요, 심정이 있는 것이 아니다. 그러나 거친 숲 깊은 골짜기에서 늙다가 비로소 나를 만나

---

4) 친구.

서, 서로 의지하여 알아 주는 사이보다 낮게 되었으며, 나도
또한 모든 사람들을 떠나 멀리 와서 머물러 있은 지 장차 1년
이 저물고 있으니 어찌 심정이 없겠는가? 바야흐로 장차 망
년(忘年)의 사귐을 맺고 싶으니, 이제 느끼는 바가 있다 하겠
다.

　소공(召公)의 감당(甘棠)[5]은 능히 당시 때의 사람의 사랑하
던 바요, 초당(草堂)의 남수(楠樹)[6]는 바람과 비에 뽑힌 바
되었으니, 대개 감당(甘棠)의 도(道)는 때와 함께 태평한 것
이요, 남수(楠樹)의 도는 태평하나 시운(時運)의 비색(否塞)
했으니, 이는 형세가 같을 수 없는 것으로서, 요컨대 모두 이
름을 전해서 썩지 않게 하는 것이다. 이 나무가 비록 사람의
보호를 받지 못해도 또한 뽑히고 자빠지는 액운은 없을 것이
니, 도(道)는 비색하지만 때는 태평한 것이다.

　돌이켜보건대 나는 두 공(公)과 같은 어진 것도 없으니 능
히 이름이 썩지 않고 무궁할 수 있겠는가! 그러나 만일 뒷사
람이 내 뜻을 슬프게 여겨 헐뜯지 말았으면 다행하겠다. 비
록 그러나 반드시 없는 일을 스스로 적게 하지 말고, 반드시
있는 것을 스스로 많은 체하지 말 것이니, 대개 장차 비태(否
泰)의 심정을 버리고 자연(自然)에 맡기게 할 것이다.

기해(己亥) 7월 씀.

---

5) 주(周)나라 소공석(召公奭)의 선정(善政)에 감격한 백성들이 그
　를 추모해서 그가 쉬었던 감당수(甘棠樹)를 아꼈다는 고사(故事).
6) 주옹(周顒)이 은퇴해서 스스로 즐기던 초당(草堂) 앞에 심었던
　남수(楠樹).

이아산시진폐상소(莅牙山時陳弊上疏)

이지함(李之菡)

이지함(李之菡)

　　중종~선조 때의 학자. 호는 토정(土亭). 목은(牧隱)의 후손. 일찍이 경사 자집(經史子集)에 통달, 또한 수학(數學)에도 정통했으며 항상 주경궁리(主敬窮理)를 학문의 방법으로 삼았다. 아산현감(牙山縣監)이 되어 걸인청(乞人廳)을 만들고, 관내 걸인의 수용과 노약자(老弱者)와 기민(飢民)의 구호에 힘쓰다가 재직중에 죽었다. 관록이 없어 평생토록 가난한 생활을 했고, 의약(醫藥)·복서(卜筮)·천문(天文)·지리(地理)·음양(陰陽)·술서(術書)에 모두 능통했으며, 괴상한 거동·기지(奇智)·예언·술수(術數)에 관한 일화가 많다.《土亭秘訣》의 저자로 알려져 있다. 이 글은 그의 저서《土亭遺稿》에서 뽑은 유명한 글이다.

이아산시진폐상소(莅牙山時陳弊上疏)

엎드려 생각하옵건대, 비록 신령스런 약이 있어도 병이 열(熱)한 자가 먹으면 죽고, 비록 깨끗치 못하지만 병이 열한 자가 먹으면 살듯이, 말〔言〕을 쓰는 것도 또한 이와 같습니다.

엎드려 바라옵건대 전하께서는 이 어리석은 소생(小生)의 말이 지극히 깨끗지 못하다고 여기시지 마시고 특별히 밝으신 살핌을 내리시어 한때의 군민(軍民)의 병을 구원하소서. 신(臣)은 듣자오니, "왕은 백성으로 하늘을 삼고, 백성은 먹는 것으로 하늘을 삼는다"고 했습니다. 지금 모든 읍(邑)들이 크게 믿을 것은 다만 이 백성에 있다는 것을 알지 못하고, 그를 업신여기고 해롭게 하여 그들로 하여금 백성이면서도 그 하늘됨을 잃도록 하고 있으니, 때로 백성을 보호한다는 말이 또한 곤란하지 않습니까. 청컨대 신은 한 가지 일을 들어서 아뢰겠습니다. 일찍이 듣자오니, 아산(牙山)은 명부(名簿)의 번거로움이 딴 현(縣)의 갑절이어서, 호소하는 백성이 하루에 4, 5백 명에 이른다고 하옵기로, 신의 생각에는, 사람이 많아서 그러려니, 풍속이 사나워서 그러려니 여겼사온데, 신이 부임한 뒤에 보니, 이는 사람이 많아서도 아니요, 풍속이 사나워서도 아니었습니다. 원통한 백성의 수가 딴 고을의 비할 바가 아니기 때문이었습니다. 신이 이제 그 연유를 말씀드리겠습니다.

지난 계축년(1553)에 군적(軍籍)을 만들 때에, 이 고을을 지키는 현감(縣監)이 아전을 채찍질하여 그로 하여금 양민(良民)의 장정을 많이 끌어오게 했으므로, 아전은 고통을 견디지 못해서, 병들어 다 죽게 된 노인으로 충당하고, 그 밖에 나무·돌·닭·개들의 이름으로 충당했으며, 그리하여 양반 장정은 옮겨서 딴 고을에 보충했습니다. 갑술년 군적을 고칠 때에 전의 인원수(人員數)대로 그대로 두고 감히 고치지 않았습니다. 사실은 본현(本縣)의 백성으로 본현의 군적을 충당해도 오히려 부족하거든 하물며 다른 고을의 일을 해서야 되겠습니까? 그런 까닭에 병이 위독하지 않아도 역(役)을 면치 못하는 자가 있어서 수를 절하는 것이 자못 많을진대 하물며 그들로 하여금 다른 고을의 역을 치르게 하겠습니까?

모든 갈래의 군병(軍兵)이나 관부(官府)의 노비(奴婢)는 이미 장본인이 없으면 반드시 그 값을 일가족에게 물렸으며, 만일 가난한 백성이어서 즉시 변상하지 못하면 잡아 가두고 독촉했으며, 남자로 하여금 그 번(番)을 서게 하고, 또 일가족의 번(番)을 만들며, 여자로 하여금 베〔布〕를 바치게 하고 또 일가족의 베를 바치게 했습니다. 이리하여 남자는 대열(隊列)에서 울고 여자는 감옥에서 웁니다.

농사일과 누에치기는 그 때를 잃었고, 옷과 밥은 함께 떨어졌습니다. 떠나가고 도망하여 타향에 전전하다가 죽어갔으니 참으로 슬픈 일입니다. 하나의 남자, 하나의 여자가 제자리를 얻지 못하는 것도 옛사람은 부끄럽게 생각했습니다. 고을의 백성 중에 족안(族案)에 실려 있는 자가 천여 명에 이르고 있어 억울함을 호소하는 자가 날마다 뜰을 메웁니다. 어떤 자는 촌수(寸數)도 알지 못한다고 하고, 어떤 자는 아무런 혈육관계도 없다 합니다. 이것을 가려 주자니 빠진 번(番)을 누가 서며, 가려 주지 않자니 이들 병민(兵民)의 병됨을 끝내 구제할 수 없습니다. 이를 장차 어떻게 하겠나이까.

한 고을의 억울한 백성이 천여 명이고 보면, 전국의 수는 몇 십만인지 모릅니다. 그러므로 병민의 원통함은 하늘과 땅 사이를 막아 세 빛[三光]¹⁾은 흉함을 알리고 병기운은 성행하니 또한 두렵습니다.

옛적 문왕(文王)이 기산(岐山)을 다스릴 적에, 어려서 아비가 없는 자도 있고, 늙어서 자식 없는 자도 있었으며, 늙어서 아내 없는 자도 있고, 늙어서 남편 없는 자도 있었습니다. 이들 네 가지 사람은 천하의 궁한 백성이면서 호소할 곳이 없는 자들이었습니다.

문왕은 정치를 하면서 인(仁)을 베풀어 반드시 이 네 사람들을 우선했습니다. 지금 궁한 백성의 많기가 문왕 당시보다 갑절이면서도, 두루 돌봄을 입은 백성이 없으니 신은 성명(聖明)을 위하여 부끄럽게 여깁니다.

---

1) 햇빛 · 달빛 · 별빛.

본 고을에 사는 사족(士族)인 김백남(金白男)이란 자는 나이 예순하나인데 아직껏 짝을 얻지 못했다고 합니다. 신은 괴이하게 여겨 그 까닭을 물었더니 어떤 사람이 말하기를, "본현(本縣)의 인물은 사족(士族)이 되기에 충분치 못하다. 종의 일원으로 충당되는 자가 몹시 많은데 만일 그가 다른 경계로 옮겨 살면 일가족이 남에게 침범당하는 환란을 받게 되므로 일가족을 피하기를 마치 함정을 피하듯이 한다. 백남의 이름이 일찍이 군안(軍案)에 있었기 때문에 사람들은 그를 사위삼으려 하지 않아 그대로 늙은 것이다"고 했습니다.

신은 그 말을 듣고 그 사람을 만나보았는데, 그때 탄식과 슬픔을 금치 못했습니다. 또 누가 말하기를, "백남은 형제들 중에서 건실한 자다. 그의 누이 김씨(金氏)는 나이 50인데 시집을 가지 못했고 그의 아우 김견(金堅)은 나이 57세인데 장가가지 못했다. 모두들 백남의 집에 의탁하여 산다"고 했습니다. 이뿐이 아닙니다.

또 사족 박필남(朴弼男)이란 자는 나이 50이며, 정옥(鄭玉)이란 자는 나이 55세이며, 정권(鄭權)이란 자는 나이 62세이며, 박유기(朴由己)란 자는 나이 71세로서 모두들 남의 남편이 되지 못했습니다.

신이 들은 자만도 이와 같사오니 신이 알지 못하는 자는 어찌 이뿐이겠습니까? 사족이 이러하오니 서인(庶人)으로서 과부·홀아비는 어찌 다 헤아릴 수 있겠습니까?

아아! 짝을 잃어서 홀아비, 과부가 된 자도 궁하다고 일컫는데, 저들은 아예 천륜(天倫)이 있는 줄도 알지 못하니 실로 이 천하에서 가장 궁한 백성입니다. 어진 정치의 혜택을 입기는커녕 도리어 침해를 받아 그 생리(生理)를 더욱 궁하게 했사오니 이러할진대 어찌 소(訴)를 올리지 않겠습니까? 백성은 오직 나라의 근본이오며, 근본이 굳건해야 나라가 편안합니다. 지금 밖에는 강적이 있고, 안에는 원통한 백성이 많으니, 혹 급한 일이라도 있게 되면 어떻게 구제하겠습니까?

근본이 이미 굳건치 못하면 나라의 안녕은 기약하지 못합니다. 만약 이를 족히 생각할 것이 없다고 여기시면 모르거니와, 그렇지 않다고 하시면 말씀드리겠습니다. 일이란 소홀히 여기는 데서 일어나고, 화는 무망중에 생기는 것이오니 조치할 방도를 늦출 수 없습니다. 엎드려 바로옵건대 전하께서는 서둘러 8도에 명하사 호수(戶數)를 줄이고 군액(軍額)[2]을 덜어서, 현재 있는 군병을 선용하시고 때에 따라 길러서 후회 없도록 하시옵소서.

대체로 백성의 흩어지는 것을 근심하자면 모름지기 그들을 은덕(恩德)으로써 어루만져야 할 것이오, 한갓 긁어오는 것으로 상책(上策)을 삼아서는 안 되며, 군병이 적은 것을 근심한다면 모름지기 의로운 용병(用兵)을 가르쳐야지, 한갓 숲처럼 많이 세우는 것으로 상책을 삼지 말아야 할 것입니다.

옛적에 주(周)가 쇠하고, 열국(列國)들이 군병으로써 강함을 다툴 때, 위(魏)나라 사람이 진(秦)나라 사람과 싸우면 그 누가 진이 이긴다고 말하지 않는 자가 있겠습니까. 왜냐하면 진나라 군병은 수가 많고도 강하며, 위나라 군병은 적고도

---

2) 군인의 수.

약하기 때문입니다. 많은 것과 적은 것의 형편은 어리석은 자도 쉽게 볼 수 있으나, 강하고 약한 것의 형편은 지혜 있는 자도 환하게 알기가 어렵습니다. 당시에 위나라의 신릉군(信陵君)은 능히 그 형편을 밝게 알았기 때문에 그가 진(秦)을 한단(邯鄲)에서 막을 때 그는 생각하기를, 남이 나를 위하여 죽고자 하면 단 수만 명을 가지고서도 진(秦)을 꺾을 수가 있고 만일 남이 나를 위해서 죽고자 하지 않는다면 비록 백만 명을 가지고서도 홀로 서 있는 것과 다를 것이 없다고 생각하고 드디어 영을 내려 말하기를, "아비와 아들이 함께 군중에 있는 자는 아비가 돌아가고, 형과 아우가 군중에 함께 있는 자는 형이 돌아가라. 외아들로서 형제가 없는 자는 돌아가서 부모를 봉양하라" 하여 군병 2만을 돌려 보내고 그 나머지로써 진나라를 이겼습니다. 신릉군이 군병이 더 필요한 때를 당하여, 줄이고 또 줄였으나 마침내 성공하기에 이르렀던 것은 인중(人衆)이 인화(人和)만 못하다는 것을 알았기 때문입니다.

  그런데 지금의 유사(有司)는 이와 반대로, 태평한 세상에 처하여 도적이 아직 오기도 전인데 먼저 나라의 근본인 백성부터 자르고, 오는 자를 위로하고 모이는 자를 편안하게 하는 방법은 모르면서, 오직 남의 아비를 가두고 남의 형을 가두는 것을 좋은 방법으로 삼으며, 외아들이나 형제 없는 자로 하여금 자기의 역(役)에 분주하게 할 뿐 아니라, 그 일족(一族)의 일까지 하게 하며, 일족의 일뿐만 아니라 닭·개·나무·돌의 일족의 일까지 치르게 합니다. 돌아가서 부모를 봉양하라는 명령은 들려주지 않고 늙은 남녀가 시집 장가를 모르고 홀아비 과부가 되어 곤궁하게 죽는 자가 즐비하게 있습니다.

이런 때를 당해서 산오랑캐〔山戎〕나 바다 도적〔海賊〕들 중에 지혜로운 계책을 가진 자가 있어서, 수만의 군중을 이끌고 우리나라를 침범해 오기라도 한다면 나라는 반드시 와해되고 말 것입니다. 왜 그렇겠습니까? 백성의 원통한 괴로움이 하루가 아니고 한 달이 아니므로 한 사람의 지아비도 나라를 위해서 죽을 자가 없겠기 때문입니다.

아아! 슬픈 일입니다. 유사(有司)들의 전하를 섬김이여! 비록 요순같이는 되지 않고, 탕(湯)·무(武)와 같이는 되지 않더라도 오찌 차마 성상(聖上)으로 하여금 위(魏)의 공자(公子) 무기(無忌)만도 못하게 한단 말입니까? 혹 생각하기를, 일족지법(一族之法)을 폐지하면 병역(兵役)을 싫어하는 자가 돌아볼 것이 없고 혹시 옮겨 피하려는 마음을 두게 됨으로써 부족한 군액(軍額)이 더욱 허술하기에 이르러서 근심이 더없이 크게 되리라고 합니다만 실은 그렇지 않다고 생각합니다. 일족에게 물리면 병역을 맡은 백성들이 뿔뿔이 흩어져서 혹 중이 되기도 하고, 혹 도적이 되기도 하여 백성은 날로 줄어들 것입니다. 이는 곧 일족에서 물리는 것이 백성을 흩어지게 하는 길이라는 것을 알 수 있습니다. 군액이 어찌 이 때문에 허술하게 되지 않겠습니까? 일족에게 물리지 않는다면 백성이 안심하고 생산·번식하고, 흩어졌던 자는 돌아와 모여, 백 사람을 잃어 천 사람을 얻게 될 것이니, 군액이 허술할까 하는 걱정은 할 필요가 없습니다. 또한 병민(兵民) 중에 옮겨 사는 자가 모두 이웃 고을에 붙어 사는 것은 아닙니다. 만일 옮겨간 그 고을로 하여금 하나하나 추쇄(推刷)[3]하여 그 땅의 역(役)을 정하게 한다면 역이 균등해질 터이니, 어찌 본현(本縣)의 역을 피하고 딴 고을의 역을 치르겠습니까? 본 고장에서 일족의 부담이 없고, 다른 고을로 옮겨가서 편안치 못하게 되니, 비록 상을 주면서 옮겨가게 하더라도 끝내 옮기지 않을 것입니다.

엎드려 바라옵건대, 전하께서는 편안한 길과 위태로운 길을 살피시고, 생령(生靈)들의 궁박함을 불쌍히 여기시와 일족의 벌을 없애주시옵소서. 좌우가 모두 불가하다고 말하더라도 듣지 마시옵고 모든 대부(大夫)들이 모두 불가하다고 말하더라도 듣지 마시옵소서. 신이 말한 것은 나라 사람들의 공론(公論)이요, 백성의 곤궁함은 전하께서 보시는 바이오니, 또 무엇을 의심하리까?

옛적에 진무공(秦繆公)이 진(晉)나라 군병에게 포위되어 포로가 되는 것을 면치 못했는데, 야인(野人) 3백 명이 위험을 무릅쓰고 진나라 군병 속으로 달려가 무공(繆公)을 구해 돌아왔습니다. 야인 3백 명이 어찌 적의 수많은 정병을 대항하겠습니까. 이는 전일에 자기들을 살려준 은혜가 바로 그 의로운 용맹을 격렬하게 이룩했던 때문이며, 이는 곧 무리를 가진 자는 적이 있어도 인자(仁者)는 적이 없다는 것을 알려 주는 것입니다.

전하께서 만일 능히 일족의 법을 제거하시고 억조창생을

---

3) 부역이나 병역을 기피한 자나 상전에게 의무를 다하지 않고 딴 지방으로 도망한 노비를 모두 찾아내어 본고장으로 돌려 보내는 것.

인(仁)으로 거느리신다면 천하에 적이 없을 것입니다. 맹자(孟子)께서 말하기를, "청컨대 왕은 의심치 마소서" 했는데, 신도 또한 전하께 의심치 마시옵기를 청하나이다.

신이 전하의 한 고을 병민(兵民)을 맡았사오니, 만약 정성을 가지고 어루만지고 기르지 않는다면 장차 불충(不忠)한 죄를 면치 못할 것입니다. 일족을 징발해서 온 백성을 병들게 하는 일은 신이 차마 하지 못하겠습니다. 또한 옛적에 밝은 임금은 백성의 재산을 다스리는 데 십일지정(什一之政)[4]으로 하여, 위로는 족히 부모를 섬기고, 아래로는 족히 처자를 기르도록 했사오며, 풍년에는 종신토록 배부르고 흉년에는 죽음을 면하도록 했사오며, 그런 뒤에야 병졸이 출동하면 전부(田賦)를 내고, 민력(民力)을 쓰는 것은 3일을 넘지 않았습니다.

하온데 지금은, 조세는 번거롭고 부역은 무거워서 백성이 견디어 지탱하지 못하고 토지와 집을 모조리 팔아 사방에 붙어서 살며, 백성 중에 밭이 있는 자가 얼마 있지 않기 때문에 부잣집의 밭을 경작하고, 그 10분의 5를 얻어서 입에 풀칠하는 밑천으로 삼습니다. 비록 폭군 걸(桀)의 백성이라도 이렇게 곤궁하지는 않을 것이며, 더구나 그들로 하여금 군졸을 시키고서 처자의 양식은 계산하지 않고 저축한 양식을 모조리 털어 군량에 채웁니다. 그리고 이것을 이름하여 상번(上番)이라고 하여, 혹 반년을 부역하거나 혹 백 일을 부역하거나 혹 한 달을 부역하며, 하번(下番) 후에는 이름하기를 진상

---

4) 10분의 1을 받는 조세(租稅).

산행(進上山行)이라 하여, 영(營)·진(鎭)이나 군(郡)·현(縣)에서 부역하는 자 그 수를 알지 못합니다.

또 이름하여 말몰이꾼[驅馬軍]이라 하여 따로 군에 복역하는 자를 불시에 불러내며, 또 그들로 하여금 군장(軍裝)을 수리하고 군기(軍器)를 지키게 하여, 거의 그대로 두는 날이 없으니 또한 너무 심합니다. 또 그들로 하여금 일족의 역을 부역케 하고 일족의 포(布)를 바치게 하니, 이른바 너무 심하고 또 심하여 그 마지막의 형편이 마침내 어떠할지 모르겠습니다.

아아! 순임금은 그 백성을 지치게 하지 않았고, 조부(造父)[5]는 그 말을 지치게 하지 않았습니다. 하온데 지금은 지치고 또 지쳤으니 그 종말의 형편이 어떻게 될는지 모르겠습니다.

아아! 전하께서는 신의 말씀을 들으시고 급히 명하시어 군액을 줄이시고, 일족의 벌을 없애신다면 비록 늦었지만 그런대로 구원할 수 있겠습니다만, 그러잖으면 뒤에 가서 비록 뉘우치신대도 서제막급(噬臍莫及)[6]일 것입니다. 신은 상감도 위하고 백성도 위해서 하는 말씀입니다. 어찌 백성만을 위하고 상감을 위하지 않겠습니까. 다만 견마(犬馬)의 충성이 있어 입을 봉할 수 없을 뿐입니다.

아아! 신이 올린 이 소(疏)로 하늘의 이치가 존재하느냐,

---

5) 주(周)나라 목왕(穆王)의 말을 부리던 어자(御者)로, 말을 잘 부렸다.

6) 사람에게 잡힌 노루가 배꼽 때문에 잡힌 줄 알고 배꼽을 물어뜯는 것과 같이, 무슨 일이 지난 다음에 후회해도 늦는다는 뜻.

망하느냐가 결정됩니다. 혹 전하의 선택하심을 입는다면 종묘사직의 큰 다행이요 백성의 큰 다행이겠습니다.

　아아! 신이 전하의 한 고을 병민(兵民)을 맡아 비록 그 법제와 형벌을 공평하게 하기를, 마치 제(齊)나라의 즉묵(卽墨)[7]이나 조(趙)나라의 진양(晉陽)[8]과 같이 하지는 못할지언정, 일족을 징발하여 서민(庶民)을 병되게 하는 일은 끝내 차마 못하겠습니다.

---

7) 산동성(山東省) 즉묵현(卽墨縣).
8) 산서성(山西省)의 성도(城都).

오산설림(五山說林)

차천로(車天輅)

차천로(車天輅)

　명종~광해군 때의 문인. 호는 오산(五山)·난우(蘭嵎).서경덕(徐敬德)의 문인으로 알성문과(謁聖文科)·문과중시(文科重試)에 급제하여 개성교수(開城敎授)를 지내고, 고향 사람 여계선(呂繼先)이 과거를 볼 때 표문(表文)을 대신 지어 주어 장원 급제시킨 일이 발각되어 명천(明川)에 유배(流配)되었다가, 문재(文才)가 있다 하여 용서되어, 통신사(通信使) 황윤길(黃允吉)을 따라 일본에 다녀왔다. 문명(文名)이 명나라에까지 떨쳐 동방문사(東方文士)라는 칭호를 받았으며, 교리(校理)가 되어 교정청(校正廳)의 관직을 겸했다. 특히 한시(漢詩)에 뛰어나 한호(韓濩)의 글씨, 최립(崔岦)의 문장과 함께 송도삼절(松都三絕)이라 일컬어졌고, 가사(歌辭)에 조예가 깊었고, 글씨에도 뛰어났다.

오산설림(五山說林)

고려 말년에 한 높은 선비가 있었는데, 재주와 덕을 감추고 벼슬하지 않은 채 강 위에서 살았다. 그가 죽은 후에 조정 선비 몇 사람이 그가 옛날 살던 곳을 찾았다. 벽 위에 그가 쓴 시(詩)가 있는데 모두 긁혀서 떨어지고 다만 한 구절이 보인다.

파초 잎이 발 밖에 우니 비 오는 것을 알겠고,
돛이 봉우리 밖에 나오니 바닷바람을 보겠네.
蕉鳴箔外知山雨　帆出峰頭見海風

조정 신하들이 이 시를 읊어보고 한참 후에 서로 이르기를, "돛대로 바닷바람을 본다는 것은 미진(未盡)하다" 하더니, 조금 있다가 앞 포구에 갑자기 바람에 돛을 단 배가 나타나서 봉우리 밖으로 돌아가니, 이는 대개 바다 어구에서 올라오는 것이었다.

윤결(尹潔) 선생이 선군(先君)[1]에게 와서 해가 오가도록 담화하다가 오언시(五言詩) 한 수를 외우면서, "이 시가 어떠하오?" 하자, 선군은 말하기를 "이 시는 귀신의 시오" 했다.

윤공이 깜짝 놀라서 말하기를, "내가 지난 밤에 꿈에 한 깊은 동학(洞壑)에 들어가니 흰 모래가 십리에 깔렸고 달빛은 낮과 같은데, 꾀꼬리 우는 소리가 들렸소. 그곳 이름을 물었더니 석문(石門)이라고 했소. 내가 거기에서 시를 지었소.

> 우연히 석문동(石門洞)에 들어와
> 시를 읊으면서 홀로 밤에 가네.
> 달이 중천에 뜨니 시내 모래가 흰데
> 빈 산에 한 꾀꼬리가 우네.
> 偶入石門洞　吟詩孤夜行　月午澗沙白　空山啼一鶯

윤공 장원(長源)이 아직 과거에 급제하기 전에 어느 날 작은 사랑에 앉았더니, 한 고운 옷을 입은 종이 명함을 가지고 와서 손님이 뵙기를 청한다고 한다. 이때 한 관인(官人)이 의관과 용모가 몹시 정돈되고 곱다. 장원이 말하기를, "이것은 필시 잘못된 것이지. 어찌 관인이 나를 찾아온단 말이오?" 하니, 그 사람이 말하기를, "반드시 윤 진사(進士)를 뵈어야겠습니다" 한다.

이에 장원이 손을 들어 올라오기를 청해서 좌정(坐定)하게 했다. 그 사람은 자리를 떠나 오래 꿇어앉았다가 말하기를,

---

1) 죽은 자기 아버지를 가리킴.

“제가 한 가지 할 말이 있으니 원컨대 좌우를 물리치십시오.”

하면서 우물거리고 말을 하지 못한다. 이에 장원이 말하기를,

“그대의 모양을 보니 높은 벼슬에 있는 듯한데, 무슨 일로 내 집을 찾아오셨소?”

하니, 그 사람이 말하기를

“장공(張公) 옥(玉)이 바야흐로 남양부사(南陽府使)로 있는데, 그에게 계집종 하나가 있어 거문고와 노래가 뛰어납니다. 그 계집종이 지금은 서울에 와 있는데, 못난 제가 우연히 만나게 되어 이내 애정이 쏠려서 연연하여 헤어질 수가 없습니다. 이에 장공에게 허락해 주기를 청했으나 장공이 허락하지 않으므로 심지어 이름난 재상의 편지를 가져다가 허락을 얻으려 해도 끝내 허락하지 않고, 말하기를 “만일 윤 진사의 시를 얻어 오면 내 마땅히 빌려 주겠다 하옵기로 부끄러움을 무릅쓰고 감히 와서 청합니다”

하고, 소매 속에서 쇄금홍화전(灑金紅花牋) 한 폭을 내놓으면서,

“원컨대 명공(明公)께서는 한번 휘둘러 쓰는 수고로움을 아끼지 마시어 목마른 자의 소망을 풀어주옵소서”

한다.

장원은 웃으면서,

“어찌 남의 글을 가지고 내 것이라 하여 그 소망을 푼단 말이오?”

하니, 그 사람은 말하기를

"고명(高明)하신 시가 세상에 이름이 났기 때문에 장공(張公)이 반드시 얻으려 하는 것인데 어찌 딴 사람의 시로 속일 수 있겠습니까?"
한다.
장원은 이에 드디어 율시(律詩) 한 수(首)를 썼다.

오리 모양의 향로에 향기가 사라지고, 난대(蘭臺)[2]에는 손님이 흩어지기 시작했네.
등잔불이 차니 작은 병풍이 어둡고, 달이 오르니 반쪽 발이 성기네.
말을 토하면 모두 질투가 되고, 맹세를 고하면 다시 허사가 될까 두려우네.
낭군(郎君)의 정이 첩(妾)과 같으면, 어찌 백 수레의 옥을 아끼오리까?

시를 다 써서 주었더니, 그 사람은 절하고 돌아가더니 얼마 후에 다시 와서 사례하기를
"장 사군(使君)[3]이 시를 얻고 크게 기뻐하여 곧 금희(琴姬)를 돌려 주었습니다"
했는데, 그 사람은 왕손(王孫)이라 한다.
퇴계 선생이 영남(嶺南)으로 돌아갈 때 송강(松江)이 쫓아가 송별(送別)하려 했으나 만나지 못하고 시를 지었는데,

---

2) 초(楚)나라 궁전(宮殿)의 이름.
3) 방백(方伯)의 별칭.

나라 안위(安危)가 달린 날, 풍우 속에 성을 나가네.
이별하는 마음은 봄풀과 같아서, 강남 가는 곳마다 새롭네.
安危去國日　風雨出城人　離心如春草　江南處處新

하고, 또 쓰기를,

광나루까지 쫓아갔더니, 신선 배는 이미 아득히 떠났네.
봄바람 무한한 생각에, 저무는 날 홀로 정자에 오르네.
追至廣陵獒　仙舟已杳冥　春風無限思　斜日獨登亭

했다.

화사(花史)

임제(林悌)

임제(林悌)

　명종~선조 때의 문인. 호는 백호(白湖). 알성문과(謁聖文科)에 급
제하여 예조정랑 겸 지제교(知製敎)를 지내다가 동·서 양당의 당쟁
(黨爭)을 개탄하고 명산을 찾아다니면서 여생을 마쳤다. 당대의 명문
장가로서 이름을 날렸고, 호방하고 쾌활한 시풍(詩風)으로 그의 작품
이 널리 애송(愛誦)되었다. 이 작품은 식물세계(植物世界)를 의인화
(擬人化)하여 역사 서술 방식인 본기체(本紀體)에 가탁(假託)해서 기
술했다.

화사(花史)

　도열왕(陶烈王)의 성은 매(梅)요, 이름은 화(華)요, 자는 선춘(先春)이니 나부(羅浮)[1] 사람이다. 그 선세(先世)에 은(殷)나라를 도와서 고종(高宗)을 위하여 솥에 국끓이는 일을 해서 그 공으로 도(陶) 땅에 봉해졌고, 중세(中世)에 초(楚)의 대부(大夫) 굴원(屈原)의 물리치는 바가 되어, 피해서 합려성(闔閭城)[2]에 살아서 자손들이 그 뒤로 거기에 살았다.

　두어 대(代)를 지나 고공 사(古公楂)[3]에 이르러 무릉 도씨(武陵桃氏)의 딸에게 장가들어 세 아들을 낳았으니 왕이 그 큰아들이다. 도씨는 나면서부터 아름다운 덕이 있어, 시집간 날로부터 부도(婦道)를 잘 행하니 시인(詩人)들이 칭송했다.

---

1) 중국 광동(廣東) 증성현(增城縣)에 있는 산.
2) 합려(闔閭)는 오(吳)나라 국왕(國王)의 이름. 강소성(江蘇省) 매리(梅里)에는 매화(梅花)가 많기로 유명하다.
3) 주나라 문왕의 조부가 고공단보(古公亶父)인데 그의 이름이 사(楂)이다.

일찍이 꿈에 요지(瑤池)⁴⁾에 갔는데 서왕모(西王母)⁵⁾가 붉은 열매 한 가지를 주는 것을 삼키고서 태기가 있었다. 낳는 날 이상한 향기가 나더니 한 달이 지나도 흩어지지 않으니, 사람들이 향아(香兒)라 했다. 자라면서 꽃다운 자태가 아름답고 성질이 소박하며, 풍채가 아담하고 정결해서, 선열(先烈)을 잘 계승하여 그 덕이 향기로우니, 원근(遠近)에 그 풍성(風聲)을 들은 자는 늙은이를 붙들고 어린이를 이끌고서 오지 않는 자가 없었다.

등륙(騰六)⁶⁾이 사나워지자 고죽군(孤竹君)⁷⁾ 오균(烏筠)·대부(大夫) 진봉(秦封)⁸⁾ 등이 추천해서 왕으로 세우고 합려성(闔閭城)에 도읍했다. 국호(國號)를 도(陶)라 하고, 목덕(木德)으로 왕노릇하고, 축월(丑月)로 세수(歲首)를 삼고, 수(數)는 오(五)로, 빛은 백색(白色)으로 했다.

가평(嘉平) 원년 겨울 12월에 사제(蜡祭)⁹⁾를 올리고 자편(赭鞭)¹⁰⁾으로 초목을 채찍질했다. 가평(嘉平)이라 건원(建元)하고 12월로 1년을 삼은 것은 시경(詩經)의 달이 변한 것을 일(日)이라 한 뜻을 좇은 것이다. 뒤에도 여기에 따른다

---

4) 신선 서왕모(西王母)가 살았다는 곳.
5) 옛날 여자 신선의 이름.
6) 눈〔雪〕을 말함.
7) 고죽은 봉국의 이름이며, 고죽군은 그 나라 임금인 백이의 아버지를 일컬음.
8) 소나무. 진(秦)나라 때 대부송(大夫松)이 있었다.
9) 연말에 지내는 제사.
10) 붉은 채찍. 백초(百草)를 붉은 채찍으로 때려 맛을 보아 약을 만들었다고 함.

2년에 계씨(桂氏)를 맞아 비(妃)를 삼았으니, 비(妃)의 본관(本貫)은 월성(月城)이다. 정정(貞靜)하고 유한(幽閑)한 덕이 있고, 능히 여공(女工)에 부지런하여 왕의 교화(敎化)를 도우니, 당시 사람들이 주(周)나라 태사(太姒)에 비교했다.

사신(史臣)이 말하기를 "국가나 집이 흥하고 망하는 것은 부부(夫婦)에서 시작된다" 했으니, 시경(詩經)에서 갈담(葛覃)을 읊은 것은 나라가 새로워질 조짐이요, 참언(讒言)[11]이 변괴를 이루면 짐이 쇠해질 조짐이다. 도왕(陶王)은 이미 도씨(桃氏)의 어머니가 있고, 또 계씨(桂氏)의 비(妃)를 얻었으니 그 흥왕할 것이 당연하다.

3년에 오균(烏筠)으로 정승을 삼았으니, 균(筠)의 자는 차군(此君)이니 초(楚)나라 상주(湘州)[12]사람이다. 맑고 중허(中虛)해서 욕심이 없고 곧은 절개를 지켜서, 호를 원통처사(園通處士)라고 했다. 어릴 때 상강(湘江)으로부터 오중(吳中)으로 옮겨와서 왕으로 더불어 총죽(蔥竹)[13]의 벗이 되었다. 등륙(滕六)이 그 어진 이름을 듣고 고죽군(孤竹君)에 봉했다. 등륙의 난리가 일어나자 곧 도공(陶公)에게 나가서 말하기를, "등륙이 음란하고 사나워서 만민을 해치므로 바람소리만 들어도 떨지 않는 자가 없고, 창생(蒼生)들이 말과 떨어지고, 억조(億兆)의 백성들이 굶주리고 얼어서, 천하에 언제나 죽으랴 하는 탄식이고, 바다 안에서 모두 가뭄에 비를

---

11) 예언(豫言).

12) 소상반죽(瀟湘斑竹).

13) 어릴 때의 벗을 말함. 취총기죽(吹蔥騎竹)에서 따온 말.

바라듯이 하더니, 비록 주궁(周宮) 경실(瓊室)[14]의 풍부함이 있어도 그 망하는 것은 가히 서서 기다릴 것입니다. 지금 공(公)은 밝은 덕이 오직 향기로워 호걸들이 옷깃을 이끌어 모여들고 있으니 이 때를 당해서 모든 집을 점령하고 여러 영웅들을 맞아 잡으면 누가 어깨를 추켜세우고 간장을 가지고 맞지 않겠습니까. 신(臣)이 원컨대 조그만 공이라도 얻어서 이름을 역사에 기록하기를 바랍니다" 했다.

공(公)이 크게 기뻐하여 좌우에서 떠나지 못하게 하고 말하기를, "하루도 차군(此君)[15]이 없을 수 없다" 하고, 이에 이르러 정승을 삼고 천호(千戶)를 더 봉해 주었다.

사신(史臣)[16]은 말한다.

"옛날 제왕(帝王)이 나라를 일으킬 때에는 반드시 보좌(輔佐)하는 어진 신하가 있었다. 상(商)나라 탕왕(湯王)은 유신(有莘)[17]들에서 이윤(伊尹)을 얻었으며, 제(齊)의 환공(桓公)은 관중(管仲)이 있었고, 한(漢)나라 고조(高祖)는 소하(蕭何)가 있었고, 소열제(昭烈帝)에게 제갈량(諸葛亮)이 있었던 것이 이것이다. 바야흐로 만났을 때에는 물을 만난 배요, 물고기가 물을 얻은 것과 같이 한번 쓰면 달리 하지 말고, 일을 맡기면 의심하지 말아야 한다. 그런 연후에라야 위로 보필한 효과를 묻고 아래로 충정(忠貞)의 절의(節義)를 다할 것이요,

---

14) 눈의 경치를 말함.
15) 대나무를 말함.
16) 여기에서는 작자 자신을 가탁(假託)한 것임.
17) 이윤(伊尹)이 농사짓던 곳.

나라 일이 이루어지고 왕업(王業)이 창성할 것이다."

도왕이 한 번 오균의 말을 듣자 그가 왕을 보좌할 재목이 되는다는 것을 알고 그를 가까이에 두고, 그 많은 계획에 힘입어서 크게 할 수 있는 뜻을 여기에서 가히 보게 되었으니 또한 아름답지 않으랴? 이로 말미암아 보면 후세(後世) 사람의 임금된 자가 그 어진 사람을 임용(任用)하지 않고 그 나라를 다스리려 한다면, 이는 나무에 가서 물고기를 구하는 것과 무엇이 다르겠는가?

4년에 진봉(秦封)과 백직(柏直) 등이 등륙을 크게 깨쳐서 멸하고 대장군(大將軍)이 되었다. 진봉의 자는 무지(茂之)이니, 그 선세(先世)에 진(秦)나라에 봉함을 받았기 때문에 이름한 것이다. 비스듬히 누운 큰 키에 푸른 수염이 창과 같아서, 동량(棟樑)에 쓸만한 재목이요, 성정(性情)은 또 고직(孤直)하고 마음은 딴 나무보다 뒤에 마르는 뜻을 지녀서, 백직(柏直)과 함께 장수의 임무를 맡아서 조석으로 곧은 절개를 함께 했더니, 이에 이르러 등륙이 밤을 타서 합려성을 습격해 오는지라, 두 장군이 몸을 빼어 갑옷을 입고 높은 일산을 펴고 돌을 쌓은 단(壇) 위에 서서 크게 호령하니 위풍이 진동한다. 이에 등륙이 흰 수레에 백마를 타고 단 아래에 내려와서 눈물을 흘리면서 항복하니, 나머지 도적들의 무너진 것을 모두 소제하고 그 날로 적(笛)을 불면서 개가(凱歌)를 올렸다. 이에 왕이 크게 기뻐하여 진봉으로 이양대장군(伊陽大將軍)을 삼고, 백직으로 숭산대장군(崇山大將軍)에 봉했다. 백직의 자는 열지(悅之)이니 위(魏)나라 사람이다. 성품이 곧고 열매가 많으며, 또 사람됨이 자신을 자랑하지 않아서 매양 싸워 그 공을 무지(茂之)에게 양보하니, 사람들이 이르기를 "큰 나무의 풍도(風度)가 있다"고 했다. 이에 조서(詔書)를 내려, 두충(杜沖) · 동백(董柏) · 산치(山梔) · 노송(老松) · 종려(棕櫚) · 소철(蘇鐵) 등의 관직을 주기도 했다.

등륙의 난리에 조정 신하가 포위된 자가 많아서, 두충이 또한 적에게 함락되어 몹시 위험했으나 얼굴빛을 변하지 않으니, 적이 능히 해를 입히지 못했다. 이에 왕이 그 절조(節操)를 가상히 여겨 조서를 내려 아름다움을 포장(褒奬)하고 벼슬 한 계급을 올려 주었다.

5년 봄 2월에 도왕의 동성(同姓)을 봉하여 아우 예(蘂)를 대유공(大庾公)을 삼고, 악(蕚)으로 양주공(揚州公)을 삼고, 종제(從弟) 영(英)으로 서호공(西湖公)을 삼았으며, 조카 방(芳)으로 패공(灞公)을 삼고, 그 나머지 후백(侯伯)을 봉한 것이 이루 셀 수 없이 많았다.

이에 왕이 조서를 내려 말했다.

"아아! 내가 외로운 뿌리와 약한 씨로 선대(先代)의 남긴 공덕을 이어받아서 능히 옛 나라를 새롭게 하여 문득 천하를 차지한 것은, 자빠진 나무에 가지가 생긴 것과 같고 외넝쿨이 다시 뻗은 다행함이라 하겠다. 봉작(封爵)하는 예전(禮典)을 행하고, 땅을 나누어 각각 즉시 봉했으니, 그 조공 바치는 일을 삼가 행하고, 본(本)과 지(支)가 백세(百世) 후에도 길이 그 경사를 돈독히 하라."

6년 겨울 10월에 왕이 오중에 나가서 경정산(敬亭山)에 올라 호인(胡人)을 시켜 피리를 불어 진성(秦聲)을 아뢰게 하니, 이 바람을 쏘여 촉냉(觸冷)하여 병을 얻어 세숫대야의 물로 돌아와 이튿날 새벽에 떨어지고 말았다.

왕비(王妃) 도씨(桃氏)는 젊어서부터 뱃속에 벌레가 있는 병이 있어 아들이 없더니, 오균의 왕의 아우 양주공을 맞아 세우니, 이가 동도영왕(東陶英王)이다.

사신(史臣)은 말한다.

"아아! 열왕(烈王)의 덕이 매우 장하도다. 어진 정승을 얻어 천하를 평정하고, 좋은 장수에게 맡겨서 밖의 일을 제압(制壓)해서 싸우지 않고 감화시켰으며, 싸우지 않고 이겼다. 동성(同姓)을 봉하여 그 은애(恩愛)의 마음을 키우며 충절(忠節)을 포장해서 그 풍성(風聲)을 세웠으니, 비록 옛날의 은(殷)나라·주(周)나라의 정치로서도 여기에 더할 수가 없으리로다. 그러나 왕이 순박하고 간략했던 처음에 나라를 세워서 해를 거친 것이 많지 않았으므로, 아름다운 말과 착한 행동이 책에 나타난 것이 몹시 적으니 어찌 애석한 일이 아니겠는가?"

호민론(豪民論)

허균(許筠)

허균(許筠)

　광해군 때 문신이자 소설가. 호는 교산(蛟山). 벼슬이 좌찬성에 이
르렀다. 그는 시문(詩文)에 뛰어난 천재(天才)로, 여류시인(女流詩人)
난설헌(蘭雪軒)의 동생이다. 그의 소설 〈洪吉童傳〉은 사회제도의 모순
을 비판한 조선시대의 대표적인 걸작이다. 그는 왕의 신임을 얻은 것
을 기화로 반란을 계획하다가 탄로되어 가산(家産)이 적몰(籍沒)되고
처형되었다.

호민론(豪民論)[1]

  천하에 두려운 것은 오직 인민(人民)뿐이다. 인민이 두려운 것은 물·불이나 호랑이·표범보다 더 심하다. 위에 있는 자가 친숙하게 일을 시키거나 또는 혹독하게 부리는 것은 홀로 무슨 까닭인가? 대체로 가히 함께 이루기를 좋아하지만 사람들은 항상 보는 바에 얽매인다고 한다.

  순순히 국법(國法)에 따르고 윗사람을 섬기는 것은 항민(恒民)이다. 항민은 족히 두려울 것이 없다. 사납게 빼앗고, 살을 벗기고, 뼈를 긁어다가, 집에 들어오는 것과 땅에서 나는 것을 가지고 무궁한 욕구를 채우는 까닭에 수심과 탄식으로 윗사람을 원망하는 자는 원민(怨民)이라 한다. 그러나 이 원민도 반드시 두려워할 것이 없다.

  소나 돼지를 잡고 파는 시장바닥에 종적을 감추고, 속으로만 다른 마음을 품고, 천하에 숨어 살면서, 시대(時代)에 사

---

1) 재물이 넉넉하고 세력이 있는 백성을 말함.

건이 있는 것을 요행으로 여겨 그 야망(野望)을 이루고자 하
는 자는 호민(豪民)이다. 대체로 호민이야말로 크게 두려운
것이니, 호민은 나라의 허점(虛點)을 기다리고 시기를 타서,
팔을 걷고 한번 소리치면 저 원민(怨民)들이 소리를 듣고 일
제히 모여서, 모의(謀議)하지 않아도 서로 동조(同調)하여 저
항민(恒民)들에게 소리치는 것이니, 이는 또한 그 살 곳을 얻
고자 해서이다. 이들은 불가불 베어 없애고, 죄로 다스리고,
가서 그 무도(無道)함을 베지 않을 수가 없는 것이다.

진(秦)나라가 망한 것은 진승(陳勝)·오광(吳廣)[2] 때문이
요, 한(漢)나라가 어지러운 것은 또한 황건적(黃巾賊)[3]에 인
한 것이며, 당(唐)나라는 왕선지(王仙芝)[4]·황소(黃巢)[5]가 때
를 탔던 바로서, 마침내 이로써 나라를 망하게 하고 말았으
니, 이것은 모두 인민을 긁어서 자기만 봉양한 허물로서 호
민이 그 틈을 타게 되었던 것이다.

대체로 하늘이 사목(司牧)을 세운 것은 인민을 기르게 하

---

2) 진승은 진나라 양성(陽城) 사람. 이세(二世) 때, 오광과 함께 어
양(漁陽)에 수자리 살다가 기일을 잃어 마땅히 베임을 당하게 되었
는데, 함께 도위(都尉)를 죽이고 군사를 일으켜 진(秦)에 항거하자,
진나라의 까다로운 법을 괴로워하던 무리들이 여기에 호응하여 진
승을 세워 초왕(楚王)을 삼았는데 뒤에 진나라 장수 장한(章邯)에게
패했다.
3) 후한말(後漢末)에 일어난 비적.
4) 당나라 복주(濮州) 사람. 희종(僖宗) 초년에 난을 일으키자 황소
(黃巢)가 여기에 호응하여 두어 달 동안에 여러 고을을 함락시켰으
나 초토사(招討使) 증원유(曾元裕)에게 토벌당했다.
5) 당나라 말기의 난신(亂臣).

기 위한 것이요, 한 사람으로 하여금 위에서 방자하게 굴어 인민을 구렁에 빠뜨릴 욕망을 맘대로 하게 한 것이 아니다. 저 진한(秦漢) 이하의 화를 당한 것은 마땅한 것이요 불행한 것이 아니다.

지금 우리나라는 그렇지 않다. 땅은 좁고 낮으며 인민은 적으며, 또 모두 구차스럽고 세밀해서 기이한 절개와 의협스러운 기개가 없기 때문에 평소에 비록 큰 사람이나 뛰어난 인재가 나와서 세상에 쓰여지지 못했으나, 난세(亂世)를 당해서는 또한 호민이나 억센 군중이 난을 부르고 우두머리로 나라의 걱정거리가 된 자도 없으니 또한 다행한 일이다.

비록 그러나 지금의 때는 고려 때와는 같지 않으니, 전조(前朝)에는 백성에게 세금을 받는 것이 한도가 있었으며 산림(山林)과 천택(川澤)의 이익을 백성들과 함께 공유(共有)했으며, 장사를 우대하고 공장이에게 혜택을 주어, 또 능히 들어올 것을 헤아려 지출했기 때문에, 나라가 남은 저축이 있게 해서 마침내 큰 병란(兵亂)이나 큰 천재(天災)가 있어도 세금을 더 거두지는 않았다.

그러나 그 말년(末年)에 이르러서는 오히려 삼공(三空)[6]을 근심했는데, 우리는 그렇지 않아, 적은 민중으로서 그 일은 신(神)을 섬기고 윗사람을 받드는 예절이 중국과 같으며, 인민이 내는 세금이 10의 5푼이나 공가(公家)로 들어가는 것은 겨우 1푼이요, 그 나머지는 간사한 자의 사욕으로 들어가서 또 남은 저축이 없어서, 일이 있으면 1년에 혹 두 번 세금을

---

6) 불교에서 말하는 아공(我空) · 법공(法空) · 아법이공(我法二空).

받기도 하고 수령(守令)들이 이것을 빙자해서 또한 법도가 없기 때문에, 이 까닭에 백성들의 근심과 원망이 고려 왕씨(王氏)의 말년보다 더 심한 것이 있다.

그런데 윗사람은 태연히 두려운 것을 알지 못하고, 우리나라에는 호민이 없다고 하다가 불행히 견훤(甄萱)[7]과 궁예(弓裔)[8] 같은 자가 나와서 그 몽둥이를 휘두른다면, 수심과 원망에 싸인 인민이 특별한 자를 편안히 보존한 것을 환하게 두려운 모양을 알 수 있을 것이니, 그 궤도(軌道)를 바꿔야 할 것은 오히려 알 수 있을 것이다.

---

7) 후백제(後百濟)의 시조.
8) 태봉국(泰封國)의 왕.

택풍당지(澤風堂志)

이식(李植)

이식(李植)

　호는 택당(澤堂). 조선조의 대문장가로, 월사(月沙) 이정구(李廷龜)·상촌(象村) 신흠(申欽)·계곡(谿谷) 장유(張維)와 함께 조선조 한문학사에 있어서 한문사대가의 한 사람으로 일컬어진다.

　대제학·대사헌·이조판서 등의 청직(淸職)을 역임했으며, 정삼품(正三品)의 품계로서 문형(文衡)에 발탁되었으니, 이것은 그의 문장이 뛰어남을 반증해 주는 것이라 하겠다. 일찍이 사영(思潁) 남공철(南公轍)은 "택당의 문장은 고산심곡(高山深谷)의 기운이 맺혀서 종유석(鍾乳石)이 되고, 숲이 울창하게 우거져서 조수(鳥獸)의 소리가 들리지 않는 것과 같다"고 격찬했으며, 중국 근대의 고문가(古文家)로 이름 높은 엄기도(嚴幾道)는 택당을 평하여 "귀국의 문장이 심히 기이한 기운이 있어 때로는 우리나라 현대 사람들보다 앞섰다" 했다. 이것으로 택당의 문장이 얼마나 높이 평가되었나 하는 것을 능히 알 수가 있다. 이 글은 택당이 당시 인목대비(仁穆大妃)의 폐모(廢母) 사건으로 정계가 어지럽자, 은퇴하여 경기도 지평(砥平)의 백아골로 내려가 택풍당(澤風堂)을 짓고 이 당(堂)에 쓴 기문(記文)인데, 이 글의 내용은 《역경(易經)》의 대과괘(大過卦)에 나오는 상사(象辭)로 시종일관(始終一貫)한 글로서 우리나라 고문(古文)의 대표적인 명문으로 꼽힌다.

택풍당지(澤風堂志)

만력(萬曆) 병진년[1] 1월 갑술에 나는 여주(驪州) 북쪽편에 자리잡은 강구(康丘) 마을에 있었다. 이때 시사(時事)의 대변(大變)으로 여주(驪州) 고을은 온통 당인(黨人)의 화를 입고 있었는데, 나도 역시 두려워하여 이곳을 떠나려 했다. 서울에 가 있으면 어떨까 하고 점을 쳐보았더니 췌괘(萃卦)가 송괘(訟卦)로 변하는 것을 당하니 불길(不吉)하고, 호남(湖南)으로 가면 어떨까 하고 점을 쳤으나 역시 불길하고, 영남(嶺南)은 어떨까 하고 점을 쳤으나 역시 불길하다. 이에 홀로 탄식하기를,

"아무 데도 갈 곳이 없구나!"

하고, 곧 지평(砥平)의 백아곡(白鴉谷) 선영(先塋) 밑으로 점을 치자, 대과괘(大過卦)가 함괘(咸卦)로 변하는 것을 만났

---

1) 명(明)나라 의종(毅宗)의 연호. 경오년은 인조(仁祖) 8년으로 1603년.

다. 그 효사(爻辭)에

　　마른 버드나무에 새싹이 돋아나고, 늙은 홀아비가 젊은 부인을 얻으니 이롭지 않은 것이 없을 것이다.[2]

했다. 이것을 풀이하여 나는
　"거의 화를 면했구나. 넘어진 나무에서 다시 싹이 나오리다."
　또한 싹이 난다는 것은 좋은 징조이다. 그 대상(大象)에 이르기를,
　"홀로 서서도 두려워하지 않으며, 세상을 숨어 살아도 근심하지 않는다"[3] 했으니, 나는 또 탄식하기를,
　"이것은 성인(聖人)의 일이다. 내가 어찌 감히 감당하겠는가? 혹 신(神)이 이것을 알 것이니, 시상(時象)이 그러한 것인가? 세상을 마땅히 숨고, 너는 것을 마땅히 홀로 할 수 있겠는가? 곧 두려워하지 않고 근심하지 않는 것은, 성현(聖賢)이 아니면 누가 이것을 잘할 수 있으랴? 공자(孔子)께서는 "천명(天命)을 두려워하고 대인(大人)을 두려워하며, 성인(聖人)의 말씀을 두려워한다" 했으니, 나 같은 소자(小子)가 또 어찌 감히 이 상(象)에 미혹되어 이 뜻을 더럽히겠는가?"
　했다.

106

처음에 지평은 땅이 메마르고 또 여주(驪州)의 경내이기 때문에, 점을 잘 쳐보지 않다가, 길하다는 점괘(占卦)를 얻고서야 비로소 여기에 살았다.

기미년에 와서 작은 당(黨)이 이루어져 이로 인하여 현판을 다니, 당(堂)의 모양이 누(樓)와 같았다. 높이가 16척인데, 가운데 한 칸은 방을 만들고, 기둥을 따라 중간 정도까지 흙을 쌓아 올려 굴뚝을 만들고, 창문과 벽을 두었으며, 기둥 밖으로는 네 기둥을 터서 3간 마루를 만들고, 판자를 깔아서 난간을 만드니, 높이는 굴뚝 높이 정도로서 넓이는 반이요 길이는 그 갑절이며, 아무것도 막히거나 가린 것이 없어서, 빙빙 돌면서 바라보기에 좋다.

난간 아래 동쪽은 땅이 낮고 질어서 샘물을 끌어다가 네모진 못을 만들고, 못 가운데에는 조그만 흙더미를 두고 버드나무를 심었다. 당(堂)의 안은 꽉 차고 밖은 텅 비어 있으며, 못 가운데에는 나무가 있는데, 이는 모두 택풍의 상(象)[4]이다. 방 안의 벽 끝에는 64괘와 그 상사(象辭)가 있으며, 남쪽 창 양쪽 곁에는 대과괘(大過卦)의 상사 여덟 글자를 크게 써 놓았다.

당(堂)의 구조(構造)가 소박하고 간략하여, 지붕은 나무 가죽을 깎아 덮었을 뿐이다. 백아곡은 만철 산중에 있고, 당(堂)은 또 백아의 골짜기 안에 있으니, 사방이 둘러싸여 마치 사발이나 항아리와 같다. 소나무와 삼나무가 무성하고 빽빽하며, 낮고 땅이 진 곳에는 능수버들이 많으나 아름다운 꽃

---

4) 《역경》 대과괘의 괘상(卦象).

이나 기이한 돌들이 없으며, 골짜기 안에는 샘물이 많아서 샘물 소리가 들을 만하다.

동남 양쪽 언덕에는 선영(先塋)이 있어서, 아침 저녁으로 우러러보고 사모하기 때문에, 당(堂) 안에서 비록 노래하고 술마실 일이 있어도 감히 잔치를 벌여 즐기지 않고, 책 약간 권을 놓아 두고서 마을 학동(學童) 몇 명을 모아 글을 읽으며, 혹 지루하면 계곡을 따라 올라가서 목욕을 하고 돌아온다.

생각건대 처음 여기에 와서 거처한 때로부터 오늘까지 12년이 되었다. 그 사이에 혹 나가서 벼슬하는 일도 있었으나 항상 왕래하면서 머물러서, 1년에 한 번도 오지 않은 때는 없었으나, 그 '두려워하지 않고, 근심하지 않는다'는 뜻에 대해서는 아직 거의 체득하지 못했다.

아아! 슬프다. 내가 중인(衆人)으로 돌아가고 신명(神明)을 버린 것인가? 이 뜻을 서술하여 나의 허물을 기록하고 또 이것으로 뒷사람에게 보이는 바이다.

덕유흉유길변(德有凶有吉辨)

장유(張維)

장유(張維)

호는 계곡(溪谷). 조선조의 문장대가(文章大家)로서, 월사(月沙)·상촌(象村)·택당(澤堂)과 함께 한문사대가(漢文四大家)의 한 사람으로 일컬어진다. 관직은 이조정랑·대사간·대사성·대사헌·이조참판·부제학·대제학·예조판서·이조판서·공조판서 등을 역임했으며, 우의정에 임명되자 사직소(辭職疏)를 전후 18차례나 올려 이를 끝내 사퇴했다. 여기에 소개하는 〈덕유흉유길변〉은 과작(課作)으로서 한유(韓愈)가 "덕에는 흉덕(凶德)도 있고, 길덕(吉德)도 있다"고 한 이론을 논박하여 이에 대한 변(辨)을 쓴 것인데 조리(條理)가 정연하다.

덕유흉유길변(德有凶有吉辨)

한자(韓子)[1]의 《원도(原道)》에 이르기를,

"도(道)와 덕(德)은 허위(虛位)이다. 그런 까닭에 도(道)는 군
자의 도와 소인의 도가 있고, 덕은 흉덕(凶德)과 길덕(吉德)이
있다"

했는데, 내가 일찍이 이를 옳지 않다고 여겨 이것을 변론해
보려고 한다.

대체로 덕은 얻는 것이니, 선(善)을 행하여 마음에 얻는 것
을 덕(德)이라고 한다. 하늘이 뭇 백성을 낳았으니, 물(物)이
있으면 법칙이 있다.[2] 그런 까닭에 일상 생활에서는 각각 마

---

1) 당나라의 한유(韓愈)를 말함. 당송팔대가의 한 사람. 다음의 말
은 그의 문집에 보임.
2) 《시경(詩經)》〈대아(大雅)〉 증민편(烝民扁)에 나오는 말.

땅히 행해야 할 도(道)가 있으니, 마땅히 행해야 할 것은 마땅히 얻어야 하는 것이다. 마땅히 얻어야 할 것을 얻는 것을 덕이라 하고, 마땅히 얻어서는 안 되는 것을 어찌 이른바 덕이라고 하겠는가? 밭을 갈아 거둬들이는데 있어서 곡식을 얻어야 얻었다고 한다. 채소를 얻는 것이 얻음이 될 것이며, 샘을 파는데 있어서는 물을 얻어야 얻었다고 하는데 흙을 얻는 것이 어찌 얻음이 되겠는가? 선(善)에서 얻는 것을 덕이라 하는 것이니 덕은 길(吉)한 것이요, 선(善)에 어긋나는 것을 패덕(悖德)[3]이라고 하는 것이니, 패덕은 곧 흉한 것이다. 천하에 어찌 그 실상에 반대되면서 그 이름을 같이할 수 있겠는가?

대체로 한자(韓子)가 이 말을 한 것은, 생각하면 의거(依據)한 데가 있는 것이니, 《주역(周易)》에서는 항덕(恒德)의 흉[4]함을 말했고, 《시경(詩經)》에는 그 덕을 두셋으로 함[5]에 대해서 말했다. 주공(周公)은 "상왕(商王)인 주(紂)는 주덕(酒德)[6]에 빠졌다"고 했고, 이윤(伊尹)은 "덕을 두셋으로 하면 움직여서 흉하지 않은 것이 없다"[7] 했다. 이것은 모두 그

---

3) 《효경(孝經)》〈성치장(聖治章)〉에 보면, "不爱其親而爱他人謂之悖德"이라 했다. 곧 덕의(德義)에 어그러진 것을 말함.
4) 《주역(周易)》 항괘(恒卦)에 보면, "六五는 그 덕을 항구(恒久)히 하여 곧으니, 부인은 길하고 남자는 흉할 것이다"라는 말이 있다.
5) 《시경》〈소아(小雅)〉의 백화편(白華扁)에 보면, "임금이 어질지 못하여 그 마음을 두셋으로 가졌네"라는 구절이 있다.
6) 《서경》〈주서(周書)〉의 무일(無逸)에 보면, "은왕(殷王) 주(紂)의 미란(迷亂)함과 같이 주덕(酒德)에 빠지지 마소서"라는 말이 있다.
7) 《서경》〈상서(商書)〉의 함유일덕(咸有一德)에 보인다.

한 가지 뜻을 빌려서 말한 것뿐이지 그 전체를 논한 것이 아 닌데, 한자는 그 말만을 잡아 취하고 그 뜻을 버려서 단연히 도와 덕을 허위(虛位)라 하여, 길과 흉으로 대체(對體)를 삼 아 마침내 이를 입언(立言)의 대지(大旨)로 했으니, 이것이 그 오류(誤謬)를 범한 소이(所以)이다.

성인(聖人)의 말씀은 주류(周流)하여 걸리는 일이 없다. 그 런 까닭에 바른 말이면서도 배반되는 것 같으며, 배반되는 말이면서도 바름[正]을 잃지 않는다. 배우는 자가 그 참뜻을 얻지 못하고 오직 말에 구애되는 까닭에, 이로서 고체(固滯) 되어 마침내 한 쪽으로 치우치는데 빠지니, 이것이 군자가 입언하기가 어려운 까닭인 것이다. 또 한자는 굳이 도와 덕 을 허위로 삼고, 인과 의는 정명(定明)으로 삼았다.

그러나 그 말로써 미루어 보면 인과 의도 역시 정명이 될 수는 없다. 무슨 이유냐 하면, 대체로 송양(宋襄)의 인[8]은 천 하가 비웃었고, 부인(婦人)의 인[9]은 군자가 경시(輕視)했으 며, 의(義) 아닌 의는 맹자가 비방했으니, 인과 의가 과연 정

---

8) 송(宋)나라 양공(襄公)이 제후(諸侯)들 중에 패자(覇者)가 되고자 하여 초(楚)나라와 싸우는데, 공자(公子) 목이(目夷)가, 적이 포진 (布陣)하기 전에 공격하자고 청했으나, 양공은, 군자는 남이 곤경에 빠져 있을 때 괴롭혀서는 안 된다고 하여 치지 않다가 마침내 초나라 에 패망하니, 세인(世人)이 비웃어 송양지인(宋襄之仁)이라고 했다.
9) 한신(韓信)이 이르기를, "항왕(項王)은 사람을 접대할 때 공경 자 애(恭敬慈愛)하고, 그 말도 인정에 넘쳤으며, 누가 병에 걸리면 눈 물을 흘리고 음식을 나누어 먹으나, 일단 휘하에 있는 자가 공을 세 워 봉작(封爵)을 할 때에는, 그 인수(印綬)를 닳도록 손에 쥐고 내놓 지 않으니 이것은 세상에서 말하는 소위 부인지인(婦人之仁)이다." 했다.

명이 있겠는가? 인이 아니면서 인의 이름이 있고, 의가 아니면서 의의 이름이 있으니, 진실로 그 이름을 가지고 그 신상을 깎아내릴 수 없는데, 도와 덕에 한해서만은 어찌 그렇지 않겠는가? 덕은 길하지 않은 것이 없으나, 흉하면서 덕이라 하는 것은 덕이 아닌 덕이니, 어찌 덕이 아닌 덕을 가지고 덕과 혼동하여 덕이라고 말할 수 있겠는가?

선유(先儒)들은 말하기를.

"한자(韓子)는 머리가 없는 학문이다."[10]

했으니, 격물(格物)과 치지(致知)의 공부를 빠뜨렸다는 것을 말한 것이다. 대체로 격물과 치지를 하지 못하고, 갑자기 도와 덕의 뜻을 논하면, 말이 어찌 허물이 없겠으며, 이치가 어찌 가리워지는 것이 없겠는가?

어떤 사람이 말하기를,

"한자가 이 말을 한 것은 대개 노자(老子)를 공격하기 위한 것이다. 노자는 도와 덕을 말하면서 인과 의를 그르게 여긴 까닭에 한자는 이것을 공격하여 '우리의 이른바 도와 덕이 아니다'라고 말했으니, 그 뜻은 대개 노자의 도와 덕은 흉하다 하고, 우리 유가(儒家)의 도와 덕은 길하다는 것으로서 이 뜻은 또한 통하는 것인데, 그대는 어찌 비난하기를 심하게 하는가?" 한다. 이에 나는 대답하기를,

---

10) 공부하는 차례는 격물(格物) · 치지(致知) · 성의(誠意) · 정심(正心) · 수신(修身) · 제가(齊家) · 치국(治國) · 평천하(平天下)의 순서인데, 여기에 있어서 첫째 단계인 머리에 해당하는 격물과 치지가 부족하다는 뜻이다.

"이것은 그렇다고 하겠으나, 한자가 만일 노자를 공격한다
면 바로 '도와 덕에 어긋난다'고 말하면 족할 것이다. '도와
덕에 어긋났다'고 말하면, 노자는 그 잘못이 현저하게 나타
나고 공격한 것이 지극한데, 하필 스스로 그 덕을 훼손시켜
함께 순수하지 못한 곳에 돌아가게 한 뒤에라야 하겠는가?
또 이미 덕이 길흉이 있다고 말하고, 노자의 덕을 흉하다고
하면, 이것은 노자도 오히려 덕의 한쪽만을 얻고, 우리도 그
전체의 온전함을 얻지 못한 것이니, 이것은 우리를 높이고
저들을 굽히는 것이 아니다. 대체로 이미 도와 덕의 큰 뜻을
잃고, 또 우리를 높이고 저들을 굽힌 것이 없으니, 나는 그
옳은 것을 알지 못하겠다. 한 마디 말의 실수가 이치에 해를
주는 것이 이와 같으니, 나는 변명하지 않을 수 없다. 한자가
다시 일어나더라도 반드시 내 말을 좇으리라"
했다.

망제재기제문(亡第再暮祭文)

김창협(金昌協)

김창협(金昌協)

　호는 농암(農巖). 벼슬이 청풍부사(淸風府使)였을 때 기사(己巳)의 화를 만나 벼슬을 버리고 영평(永平)으로 돌아가 궁경연학(窮經硏學)에 전력하면서 농암수옥(農巖樹屋)을 짓고 농암(農巖)이라고 스스로 호했다. 그의 학문은 오로지 주자(朱子)를 봉숭(奉崇)했으나 이를 분석 검토함에 있어서는 오직 자신의 공평한 권도에 의거하여, 비록 주자의 말이라도 핵변(覈辨)한 뒤에라야 응락했다. 일찍이 위당(爲堂)은 "我東五千年唯一人"이라 하여 선생을 더없이 추앙한 바 있으니, 그는 실로 간세(間世)의 홍유(鴻儒)라 하겠다. 그의 서술은 문집 이외에도 《朱子大全箚疑問目》12권, 《論語評說》4권, 《五子雜言) 2권, 《二家詩選》1권, 《希賢錄》1권이 있다.

망제재기제문(亡第再暮祭文)

을축년(乙丑年) 12월 정해삭(丁亥朔) 26일 임자(壬子). 이 날은 내 아우 탁이(卓而)[1]의 재기일(再期日)이다. 그 하루 전 신해일(辛亥日)에 중형(仲兄) 창협(昌協)은 술과 안주를 간략히 갖추어 곡(哭)하고 술을 부으면서 말한다.

아아! 이제 25개월이 되었는데, 옛사람이 이르기를, 극사(隙駟)라고 말하지 않았던가? 그대가 떠나고 어느덧 재기일(再期日)이 되었구나. 궤연(几延)의 설치와 곡읍(哭泣)의 절차는 사람들이 빙자하여 의지하는 바인데, 이제 이것을 철거해야 하고 억지(抑止)해야 하니, 이는 선왕(先王)이 제정(制定)한 예법이니 어찌할 수 없는 일이로다. 그러나 생각하니, 나는 홀로 오랫동안 그대를 잊고 지냈구나. 안으로 밤낮없이 바쁘고 밖으로는 원습(原隰)[2]에 달리게 되어 나라 일에 바빠

---

1) 김창립의 자(字). 김수항(金壽恒)의 제육남(六男)이요, 이 글의 저자 창협의 아우.

서 사사로운 일은 돌볼 겨를이 없었다. 아침 상식이나 삭망(朔望)의 차례에는 빠지는 것이 십중팔구였구나. 살아 있을 때는 돌보고 죽으면 저버리게 된다는 것이 진정 옳은 말이었던가? 세월이 멀어지면 날로 잊어버린다는 말이 이것을 두고 한 말인가? 나는 정말 그대를 저버렸구나! 그대는 진정 나를 원망했겠지. 아아! 이 어찌된 일인가?

대체로 죽은 사람을 보내는 절차에도 많은 변화가 있게 마련이다. 염(殮)을 해서 관(棺)을 덮으면 그 형체가 숨겨지고, 장사지내어 봉분을 만들면 그 관이 숨겨지며, 1년이 되어 소상(小祥)이 되면 복제(服制)가 고쳐진다. 그 절차가 매번 변함에 따라 애통한 마음도 매양 새로워지는 것이다. 그러나 궤연이 아직 있고, 곡읍(哭泣)이라도 할 곳이 있으니 그래도 유명(幽明) 사이에 그다지 멀지가 않고 혼기(魂氣)의 소통이 그다지 소원(疏遠)한 것이 아니었으나, 이제 장차 모든 것이 없어지게 되고 끊어져서, 죽은 자는 순전한 귀신이 되고 산 사람은 아무것도 빙자하는 것이 없게 되니, 죽은 사람 보내는 절차는 여기에서 끝이 나게 되는 것인가? 아아! 나와 그대가 오늘로써 영결(永訣)하게 되는구나. 이것이 어찌 슬프지 않으며, 슬픔이 어찌 더욱 심하지 않겠는가?

아아! 탁이(卓而)여! 그 또한 끝이로다. 정영(精英)한 기(氣)와 소랑(昭朗)한 바탕이 거두어 돌아간 곳이 있는가? 응결되어 태어난 물체가 있는가? 아니면 구름이 하늘가에 흩어

---

2) 땅이 높고 팽팽한 곳을 원(原)이라 하고, 낮고 습한 곳을 습(隰)이라 한다.

졌다가 끝내 없어지게 되는 것인가? 사방 상하 그 어디로 갔는지 알 길이 없구나. 한 번 가더니 3년이 되도록 어찌 지금껏 돌아올 줄을 모르는가?

아아! 탁이여! 굴신(屈伸)과 왕래(往來), 합산(合散)과 소식(消息)은 모두 정해진 수(數)가 있는 것이니, 하늘이 하는 일을 내가 어쩌겠는가? 아아! 풍아(風雅)를 깊이 생각했으나, 세상에 드문 소리를 떨치지 못했고, 고금에 높은 뜻을 품었으나 원대한 일을 완성하지 못한 채, 오직 남은 원고에 그 향기를 기탁했고, 비석에 그 이름을 표했을 뿐이니, 하늘에 사무치는 애통함과 땅에 뻗치는 원한이 오직 이에 그칠 뿐이로다. 아아! 탁이여! 그러한가, 그렇지 않은가? 슬프고 슬프다. 술이나 마시게.

곽우록(藿憂錄)

이익(李瀷)

이익(李瀷)

1681~1763. 조선 실학자. 호는 성호(星湖). 형이 당쟁의 소용돌이에 휘말려 죽고 나자 벼슬할 생각을 버리고 평생을 오로지 학문 연구에 바쳐, 유형원의 학풍을 이어받아 실학을 크게 발전시켰다. 아버지가 남겨 놓은 많은 책을 이용하여 경전·정주학에 관한 책을 두루 읽고, 이황의 글을 열심히 읽었다. 사회의 현실은 역사적으로 살펴야 하며, 그러기 위해선 실지로 증명하고 비판하는 학문 태도를 지녀야 한다고 말하고 실제로 쓸모 있는 학문이 필요하다고 주장하였다. 토지 경작을 경제 정책의 기본으로 보아 한 사람이 많은 토지를 차지하는 것을 반대하였고, 지리학·의학 등에 있어서 서양의 새 지식을 받아들여 이것을 연구하고 널리 보급시켰는데, 그의 이러한 폭넓은 학문은 그 뒤 안정복·이가환·이중환 등에게 이어졌다. 〈성호사설〉, 〈곽우록〉, 〈성호 문집〉 등을 지었다.

곽우록(藿憂錄)

치민(治民)

대체로 백성이 있은 다음에라야 임금이 있다. 그러나 백성을 다스리는 것은 임금이 아니고 수령(守令)이다. 후세의 임금은 백성을 얻어서 임금으로 되었고, 그 존귀(尊貴)한 자리를 누리면서도 수령이라는 관직은 오로지 가까이 모시던 용렬한 무리에게 맡긴다.

이들 중에 혹 착한 정사를 해도 상(賞)이 그 몸에 미치지 않고, 비록 착하지 못한 일이 있어도 마침내 죄가 없다. 그런 까닭에 백성을 다스리는 것이 수령의 부업(副業)으로 되어 백성이 그 해를 받는다.

지금 고적(考績)하는 법이 자세하여, 6년 동안에 열 번을 고적하며, 상·중·하 3등(等)으로 나눈다. 열 번 고적에 열 번을 상등(上等)이 된 자는 조정에서 특히 포장(褒獎)하여 등용(登用)한다. 그러나 감사(監司)는 남을 거스르기를 꺼려해서 권세도 없고 가장 열등(劣等)인 사람 외에는 모두 상고(上

考)에 두니, 중(中)에서 이하인 자는 열 중에 겨우 하나이다.

세상에는 순리(循吏)[1]라는 칭호가 없는데, 상고인 자는 어찌 이렇게도 많은가? 이로 말미암아 6년 동안에 열 번이나 상고인 자가 넘치게 많아도 포장하는 조목에 능히 참여하지 못한다.

백성을 다스리는 실적을 살피려면 고적(考績)하는 데에 있는 것인데, 전최(殿最)를 행해도 무익한 것이 이와 같다. 이것을 개혁하지 않으면 무엇으로써 나라를 다스리겠는가?

만일 상고를 지나치게 하지 말고, 그 최(最)인 자를 반드시 발탁한다면 우물쭈물하는 폐단은 조금 덜어질 것이다. 앞 세대의 고적하던 법은 9등으로 나누어서 세 품목(品目) 중에 또 세 가지를 더했으니, 소위 하지하(下之下)·하지중 따위가 이것이다.

지금에 다시 일정한 제도를 만들어서 큰 군(郡)이나 작은 현(縣) 할 것없이, 오직 그 다스린 도리가 한 도(道)에서 최고인 자는 윗머리에 적고, 다음은 재능의 높고 낮음으로써 차례를 정한다. 만일 다스린 것의 실적이 없으면, 비록 웅장한 부(府)와 거대한 진(鎭)이라도 굽혀서 다음 줄에 있도록 하며, 그 다스린 도리에 따라서 제목(題目)을 정한다.

군정(軍丁)을 뽑는 데에 억울함이 없었다. 선물이 통하지 않고, 뇌물이 시행되지 않았다. 따라서 호활(豪猾)한 아전을 위압했다. 빈곤한 백성을 구휼했다는 것과 칠사(七事)[2] 따위

---

1) 법을 잘 따르며, 맡은 바 일을 열심히 하는 관리.
2) 수령이 새로 부임할 때 임금 앞에서 간하던 일곱 가지 일.

같은 것이, 혹 많고 적은 것을 그 이름 밑에 나누어서 기록하고, 그 품제(品題)를 평정(評定)한 것에 의해서 9등으로 정한다.

만일 한 도(道)가 36읍(邑)이면, 첫째에서 12까지가 상고로 되는데, 넷째 이상이 상지상(上之上)이 되며, 여덟째 이상이 상지중(上之中)이요, 아홉째 이하가 상지하(上之下)로 된다. 열셋째에서 스물넷째까지가 중고(中考)로 되며, 스물다섯째에서 끝까지가 하고(下考)로 된다.

그 중간에도 각각 3품(品)씩 나누어서 예(例)와 같게 한 다음에 상지상인 자는 포창하지 않을 수 없으며, 하지하인 자는 떨어뜨리지 않을 수 없다.

포창하는 데에는 첫째, 유서(諭書)를 내리며, 둘째, 물품을 하사하며, 셋째 녹봉을 증액(增額)하며, 넷째 품질(品秩)을 올리며, 다섯째 발탁해서 경직(京職)을 제수하는데, 원래 임무를 갈지 않고 겸임하는 것같이 했다가 반드시 임기가 차기를 기다려서 실직(實職)에 나가도록 하며, 상지하 이상도 또한 차례대로 상을 준다.

그리고 하지하인 자는 벼슬길을 막아버리고, 하지중인 자는 체임(遞任)시키며, 하지상인 자는 견책해서 부끄러움을 보인다.

열 번 고적해서 열 번 상인 자는 산직(散職)에 둘 수 없으며, 하지하인 자는 천거하지 못하도록 각각 하나의 문적(文籍)을 만들어서 좌우에 비치(備置)한다.

전관(銓官)[3]이 만일 규례(規例)를 어기고, 준행(遵行)하지 않는 자가 있으면 고교관(考校官)이 낱낱이 기록하여 아뢰며, 임금도 가끔 열람해서 녹봉을 빼앗고 관직을 갈아서 경계한다. 이와 같이 하면 한두 번을 넘기지 않아서 온 관료는 반드시 정신이 새로워질 것이다.

또 예전에 사람쓰던 것은 오로지 토착(土着)한 것을 숭상했는데, 구품중정(九品中正)[4]으로 하던 것이 오히려 근사했다. 지금 벼슬에 오르는 것은 벌열(閥閱)한 집 사람 뿐이며, 친근하지 못한 자는 진출하지 못한다. 혹 요행으로 차지한 자는, 또 실상이 없는 명예로 총애를 받는 일이 많아서 마침내 실상이 없다.

한(漢)나라에서 착한 사람을 구하는 데는 초빙(招聘)해서 얻은 것이 많았다. 그 사람들의 관직이 처음에는 향원(鄕員)과 참좌(參佐)[5] 따위에 지나지 않았으나, 능하고 능하지 못한 것은 이미 나타났던 것이다.

그런 다음에 공(公)도 시키고 정승도 시켜서, 이러한 낮은 신분이라는 것이 장애되지 않았는데, 이것이 천하에 공변된 좋은 법이다. 지금 주(州)·군(郡)에도 또한 참좌라는 직책이 있으나, 경관(京官)과는 그 영화로움과 초라함이 현저하게 판이하고, 수령이 혹 함부로 매질하여 욕을 보이기도 한다. 까닭에 사대부는 그런 직책에 머리를 숙이기를 좋아하지 않고, 이 직책을 맡은 자는 좀스럽고 굽실거리기만 하는 자에 불과하기 때문에 도움되는 바가 없다.

---

3) 이조(吏曹)의 판서나 참판.
4) 조위(曹魏) 때에 주군(州郡)에 중정(中正)이라는 직제를 두었음.
5) 수령의 속관(屬官).

만일 주·군에 이 초빙하는 길을 틔워, 그 고을 안이나 혹 이웃 고을에 재주와 명망이 있는 사람 하나를 향공(鄕貢)⁶⁾으로 한다. 이를 경관과 같이 참봉(參奉)이라 일컬어 박하나마 녹(祿)을 먹도록 하며, 수령이 업신여기지 못하게 하고, 빈료(賓僚)나 막좌(幕佐)의 예(禮)로 대우한다. 공적이 나타나는 것을 기다려서 감사가 그들의 능한 것과 능하지 못한 것을 살피고, 해마다 한 사람씩을 천거해서 경관으로 들여보낸다. 이미 천거했는데도 벼슬을 시키지 않으면, 그 조(曹)에서 문책을 당하고, 천거한 사람이 옳은 사람이 아니면 감사가 벌을 받는다.

이렇게 하면, 호걸스런 사람이 차츰 참좌라는 직책에 즐거이 나갈 것이며, 수령도 이들에 힘입어서 다스리면 사방의 인재를 두루 찾을 수가 있어, 숨거나 막히는 걱정이 없을 것이다.

또 천주(薦主)가 연좌(連坐)하는 법을 폐지할 수 없는 법이다. 천거하고도 연좌하기 않으면 거짓되고 함부로 하여 백성이 그 해를 받게 된다. 천거받은 자를 이미 상주하지 않을 수 없는데 홀로 잘못 천거한 것은 벌하지 않을 것인가? 소위 "오직 밝아도 사람을 알아 보기는 어렵다"는 것으로 따질 수는 없다. 만일 잘해도 잘못해도 그대로 맡겨두고, 어질고 어리석은 것을 분별하지 않으면, 아무리 천거한들 무슨 도움이 있겠는가?

지금 제도에도 섬천(剡薦)하는 제도가 있기는 하나, 천거

---

6) 고을에서 추천하는 것.

하는 자가 되는대로 응하고, 임용(任用)하는 자도 대수롭게 여기지 않아서, 제 뜻에 맞지 않으면 백 번 천거해도 그대로 버리고 만다. 옳은 사람이 아니라도 교묘하게 일을 꾸미면 반드시 벼슬을 얻고, 미련하고 느린 자는 오래도록 천지(薦紙)만 올라 있을 뿐이다. 또 관직이 있다 하면, 주·군의 수령이 되지 못하는 사람이 없지만, 그들에게 백성을 다스리는 그릇이 있기를 어찌 바라겠는가?

지금 연초(年初)에 유사(有司)에게 각각 한 사람씩 천거하여 보증하도록 한다. 그것을 합쳐서 상고하는데, 여기에서 이름이 많이 나오는 자를 상천(上薦)으로 하고, 한 번만 나온 자는 하천(下薦)으로 한다.

이름이 두 번 이상 나온 자는 전관(銓官)이 감히 임용하지 않을 수 없는데, 먼저 하급 관료에 시험하여 그 능하고 능하지 못한가를 비교하여 벌을 천주(薦主)에게 돌린다. 경중(輕重)을 보아서 녹봉을 빼앗거나 관직을 해임시키는 것을 예와 같이 한다. 만일 그 능한 것이 현저하면 옳은 사람을 얻은 공에 해당하지만, 사람이 먼저는 정직하다가도 뒤에 가서는 탐독(貪黷)하는, 전후가 같지 않은 것이 있으니, 한때의 일로 단정할 수는 없다.

임기가 차서 그 관직을 떠나게 되면, 제배(除拜)할 때마다 먼저와 같이 다시 천거한다. 전후에 잘못 천거한 자가 세 사람 이상이면 관질(官秩)을 강등시키고, 옳은 사람을 천거한 것이 또한 세 사람이면 벼슬을 올려준다.

대체로 이와같이 하면 천거하는 자는 반드시 어려워하는 마음이 있을 것이며, 백성을 다스리는 자는 또는 스스로 조심하는 뜻이 있어서, 백성의 삶이 조금은 깨어날 것이다.

또 바닷가 고을은 장기(瘴氣)[7]가 빌미가 되어, 고을을 다스리는 자가 혹 병들어 죽는 자도 있기 때문에 2주년을 임기로 했으니, 새 수령을 맞이하고 전 수령을 전송하는 폐단이 있고, 성과(成果)도 책임지울 겨를이 없다. 내가 서양 사람의 〈수법문서(水法文書)〉를 보니 거기에 수고(水庫)를 만드는 제도가 있었다. 안에 빗물을 담아두어 해를 지낸 다음에 사용하는 것인데, 그 방법이 몹시 주밀했다.

조정에서 이 방법을 반포하여 시행하면, 자주 체대(遞代)하는 걱정을 면할 수 있으리라.

---

7) 풍토병(風土病).

여용국전(女容國傳)

안정복(安鼎福)

안정복(安鼎福)

조선시대의 학자. 호는 순암(順庵)·상헌(橡軒). 성호(星湖) 이익(李瀷)의 문인. 의금부 도사(義禁府都事)에 임명되었으나 취임하지 않고, 세자익위사익찬(世子翊衛司翊贊)·세손 사부(世孫師傅) 등을 역임하여 세손(世孫 : 正祖)을 보도(輔導)했다. 목천현감(木川縣監)이 되어 선정(善政)을 베풀었다. 첨지중추부사(僉知中樞府事)를 거쳐 광성군(廣成君)에 봉해졌다. 그는 이익의 학문을 계승하여 이용후생(利用厚生)을 목적으로 하는 실학(實學)을 깊이 연구했다. 특히 역사학에 전심하여 〈동사강목(東史綱目)〉을 저술했다. 《상헌수필(橡軒隨筆)》 등 많은 저서가 있는데 이 〈여용국전〉은 그 중에 유명한 작품이다.

여용국전(女容國傳)

여용국(女容國)이란, 여자 얼굴의 나라라는 뜻이다.

여용국이 처음 나라를 세웠을 때, 이를 둘러싸고 열여섯 개의 위성국(衛星國)이 있었다. 그들은 모두 여용국의 예쁜 효장황제(孝莊皇帝)의 염대(奩臺)를 관장하는 일을 맡았다.

염대의 이름은 능허대(凌虛臺), 별호는 경대(鏡臺)다. 곧 위성국들은 황제의 화장대를 관장하는 것이다.

동원청(銅圓淸)의 자는 명경(거울), 호는 감선생(鑑先生)이다. 그의 둥근 얼굴에 맑은 기상과 광채는 사람을 비추었다. 언제나 황제의 좌우에 있었고, 혹시 황제의 얼굴이 단정하지 못하거나 의관이 바르지 못하면 반드시 간하여 경계하게 했다. 그래서 황제는 항상 귀중하게 여겨 잠시도 손에서 놓으려 하지 않았다.

거울 밑에는 열다섯 명의 신하가 있었다.

태부(太傅) : 주연(朱鉛) ― 연지

소부(少傅) : 백광(白光) ― 분

호치장군(皓齒將軍) : 양수(楊樹) — 이쑤시개

수군도독(水軍都督) : 관정(鹽淨) — 세숫대야

무위장군(武衛將軍) : 포세(布洗) — 수건

참군교위(參軍校尉) : 마령(磨零) — 비누

전전지휘사(殿前指揮使) : 포엄(布掩) — 물수건

형부시랑(刑部侍郞) : 방취(芳臭) — 향로

총융사(總戎使) : 윤안(潤顔) — 곤지

안무사(按撫使) : 백원(白圓) — 분첩

도지휘관(都指揮官) : 납용(蠟容) — 납기름

평장군(平將軍) : 섭강(鑷强) — 족집게

도어사(都御史) : 차연(釵延) — 비녀

전장군(前將軍) : 소쾌(梳快) — 참빗

후장군(後將軍) : 소진(梳眞) — 빗치개 곧 가르마꼬챙이

이 열다섯 화장 용구가 그것이다. 이들은 각기 재주를 다하여 맡은 바 소임을 다했고, 황제 역시 정성을 다하여 잘 다스렸다.

황제는 언제나 닭이 울면 일어나서 모든 신하들을 화장대인 능허대(凌虛臺) 위에 모았다. 먼저 승상인 동원청 거울을 부른 다음, 차례로 열다섯 신하를 불렀다. 신하들은 부름에 응하여 차례대로 능허대인 화장대 위에 나와 각기 소임을 다했으므로 여용국은 크게 다스려지고 풍속이 아름다워졌으며, 나라의 법도와 법령이 잘 시행되었다. 그리하여 보는 이마다 황제의 정치를 칭찬하고, 또 이 소문을 들은 사람치고 찾아 뵙지 않는 자가 없었다. 이렇게 되자 황제는 생각이 점점 교만해져서, 편안하게 노는 데만 정신을 팔게 되었다. 나

라의 정치는 저절로 잘되는 줄 믿었고, 마음이 게을러져서 아침마다 거행되던 화장대 위의 조회까지 돌보지 않았다. 다시는 국정(國政)을 의논하지 않게 되니, 승상인 거울도 집에 틀어박혀 나오지 않았다. 황제는 가끔 수군도독인 관정(세숫대야)을 부르고, 전장군인 소쾌라고 부르는 참빗을 불러 의논하는 것이 고작이고, 연지와 분으로 꾸미려 하지 않아서, 주연(연지) · 백광(분) 등 모든 신하는 일시에 물러가 자기들의 소임을 다하지 않았다. 몇 달이 못 가서 나라는 크게 어지러워졌다. 사방에서 도둑이 벌떼처럼 일어났다.

도둑의 괴수는 구리공(垢裏公), 곧 살갗에 붙는 때[垢]였다. 그는 먼저 광이산(廣耳山)인 귀를 점령하고, 스스로 흑면대왕(黑面大王)이라 일컫고, 검은 전포(戰袍)에 검은 깃발을 날리며, 점차 내지(內地)로 침입하여, 열흘도 채 되지 않아서 오악(五嶽)인 이마와 턱 · 코와 양쪽 광대뼈를 모두 함락시키고 말았다.

승상인 거울은 매일같이 걱정을 했지만, 오랫동안 황제에게 나아가 뵙지 못했으므로 감히 갑자기 입대(入對)해서 아뢰지 못했다.

이러는 동안 사방에서 매일같이 도적이 창궐하여, 드디어 슬양이라는 이[蝨]가 흑두산(黑頭山)이라 불리는 '머리'에 버글거렸고, 모송(毛鬆)인 솜털은 아미산(蛾眉山)인 눈썹으로 침입했으며, 황염(黃染)인 이똥은 백석산(白石山)인 이[齒]를 함락시켜 나라의 운명은 지극히 위태롭게 되었다. 황제는 어느 날 신기(神氣)가 불편하여 거울인 동승상(銅丞相)을 불러왔다. 승상은 지체없이 아뢰었다.

"오늘 나라의 정세가 이처럼 어지러워져서 도둑이 사방에
서 일어났으나, 신 등은 이들을 쳐서 쫓아내지 못했사오니,
그 죄는 만 번 죽어 마땅하옵니다."

황제는 이 말을 듣고 크게 놀랐다. 그는 승상인 거울을 데
리고, 화장대인 능허대에 올라가 사방을 돌아보니 나라 꼴이
말이 아니다. 지방마다 황폐해져서, 흑두산에는 잡목이 어지
럽게 자랐고, 이[蝨]란 놈의 무리가 사방에 흩어져서 수풀 사
이사이에 버글거리고, 다섯 개의 멧부리에는 구리공이라는
신하가 검은 깃발, 검은 전포를 휘날리며 갑옷처럼 때[垢]를
를 뒤집어쓴 군사를 이끌고 도처에 산채를 구축하고 있지 않
는가? 뿐만이 아니었다. 백석산 앞 뒤에는 황염의 대군이 극
성을 부려, 곡두산인 입으로부터 적순관(赤脣關)인 입술 안
에 이르기까지 모두 그 놈들이 차지한 바가 되어 있었다.

황제는 크게 근심이 되어 승상인 동원청을 돌아보며 이들
을 토벌할 계책이 없느냐고 물었다.

이때, 능허대 밑에서 두 사람이 뛰어들어오면서 소리쳤다.

"소장(小將) 등이 흑두산을 공격하여 이[蝨]란 놈을 잡아
오겠습니다." 모두 돌아보니 앞에 오는 자는 얼굴이 붉고 몸
이 굽었으니, 이는 전장군인 참빗이요, 뒤에 선 사람은 누른
얼굴에 모가 났으니 곧 후장군이 빗치개이다.

황제는 크게 기뻐하여 참빗으로 선봉을 삼고, 빗치개로 후
군(後軍)을 삼아서 군사를 일으켰다.

참빗은 한 떼의 군사를 거느리고 출전했다. 흑두산으로 올
라가 급습하자 슬양의 무리들은 감히 대적하지 못하고 저마
다 앞을 다투어 달아나는데, 혹은 광이산으로 도망하고, 혹

은 임금의 뒤통수인 상림원(上林苑) 동산 숲속에 숨는 등 종적을 감추어버렸다. 참빗은 결국 한 놈도 생포하지 못하고 말았다. 이에 빗치개가 일진의 점두로(點頭軍)인 빗을 거느리고 토벌 작전에 나섰다. 앞으로 긁고 뒤로 훑으면서 슬양의 무리들을 모조리 생포해가지고 돌아왔다.

황제는 크게 기뻐했다. 두 장수에게 각각 상을 내리고, 슬양의 무리들은 모두 빗집인 첩향성(帖香城)에 몰아넣고 죽였다. 이리하여 흑두산은 완전히 평정이 되었다. 납용(납기름)으로 흑두산 양쪽을 진압하게 하고, 차연(비녀)을 시켜 흑두산 후면을 진압하게 하여 싸움의 마무리를 지었다.

이제는 때[垢]의 무리인 구리공을 소탕할 차례가 되었다. 여럿이 전략을 의논하는 가운데, 동승상인 거울이 말했다.

"신이 생각하옵건대, 구리공의 무리가 매우 창궐하여 제어하기가 어려울 것 같습니다. 옛날 회음후(淮陰侯)가 용저(龍且)를 쳐부순 작전[1]이나 또 지백(智伯)이 진양(晋陽)을 친 계책을[2] 쓰지 않고서는 격파할 수 없을 것입니다. 모든 신하 가운데에서 수군도독 관정(세숫대야)이 수전(水戰)에 능하오니 그를 쓰는 것이 좋을 듯 하옵니다."

황제는 그의 말을 좇아 곧 세숫대야를 수군도독으로 삼고, 포엄(물수건)을 전군교위(前軍校尉)로 삼아 마령(비누)을 거

---

1) 회음후(淮陰侯)는 한신(韓信)을 말함. 모래 주머니로 물을 막았다가 용저(龍且)의 군사가 강을 건널 때 물을 터놓아 몰살시킨 고사(故事)를 끌어 쓴 것임.
2) 지백이란 장수가 진양을 물리칠 때 물을 성에 대어 공략한 고사가 있음.

기에 딸려서 먼저 구리공의 본거지인 대채(大寨)를 공격하게
했다. 구리공은 있는 힘을 다하여 맞섰지만 마침내는 기진맥
진하여 물에 빠져 죽고 말았다.

다시 포세(수건)가 잔당(殘黨)들을 모조리 소탕하고 돌아
왔다.

황제는 크게 기뻤고 마음까지 상쾌해졌다. 포세가 상주(上
奏)하는 대로 3군에 각각 상을 내렸다. 그런 다음에 다시 윤
안(곤지)과 방취(향로)에게 명을 내려, 이마·코·턱·양쪽
광대뼈 등 오악(五嶽)의 경계를 지키게 하고, 백원(분첩)을
유격장군으로 삼아 여러 성을 순행하면서 두드리고 문지르
는 등 안무하게 하고, 다시 주연으로 하여금 왕의 뒷동산인
상림원을 지키게 하고, 백광을 시켜 5악의 네 경계를 지키게
하고, 뒤로는 광이산, 아래로는 함이산(턱)에 이르기까지 경
계하도록 했다.

이때 한 장수가 큰 소리로 말했다.

"저 소쾌(참빗)나 관정은 모두 소임을 다하여 성공을 거두
었으나, 소장만은 홀로 힘을 쓰지 못했사오니, 어찌 부끄럽
지 않겠습니까? 원컨대 아미산을 토벌하여 모송의 무리를 치
게 해 주시옵소서."

모든 사람이 바라보니 이는 평장군 섭강(족집게)이었다.
그는 아미산으로 쳐들어가서 모송을 모조리 뽑아버리겠다는
것이다.

황제가 이를 허락하자, 그는 전포와 철갑을 몸에 두르고,
손에는 쌍점창(雙點槍)을 비껴 잡고 눈을 부릅뜬 채 급히 아
미산을 쳤다. 모송들은 간담이 떨어지고 혼백이 빠져서, 감

히 대항할 생각도 하지 못하고 추풍낙엽처럼 떨어지고 말았다.

섭강이 크게 적을 무찌르고 돌아오자, 이번에는 다시 또 한 장수가 내달으며 크게 소리를 질렀다.

"소장은 저 황염(이똥)을 토벌하여 백석산성을 평정하고자 합니다."

여러 사람이 바라보니 그는 호치장군 양수(이쑤시개)이다.

황제가 이를 허락하자 양수는 명을 받고 곧 출전했다.

흰 전포를 입고 은투구에 이화창(梨花槍)을 꼬나잡고 일지군을 거느리고 나가는데, 길쭉한 허리하며 풍만한 상체에 예리한 아랫도리 등, 위풍도 당당하여 정말 큰 공을 세울 장수의 모습이었다. 양수의 군사는 먼저 곡구산으로 들어가 적순관 안의 작은 길을 따라서 급히 공격했다. 그러나 황염의 무리들은 성이 험하고 견고한 것을 믿고 쉽사리 항복하려 하지 않았다. 성 밖은 일거에 쓸어버릴 수 있었지만, 성을 넘어 공격하기는 쉬운 일이 아니었다.

황제는 멀리서 싸움을 바라보다가, 다시 한 떼의 수군(水軍)에게 명을 내려 양수 부대의 싸움을 돕게 했다.

수군이 먼저 산성을 쓸고 뒤를 이어서 양수의 이쑤시개군이 공격을 하자, 물은 이〔齒〕 사이를 넘어 성 안으로 흘러들어갔다. 이똥의 무리들은 양면 공격을 받아가면서 항전했으나 마침내 이기지 못하여 모두 물에 빠져 죽고 말았다. 이로써 백석산은 완전히 평정되었다.

황제는 그제서야 능허대 위에 올라 사방을 관망했다. 강산은 옛날의 화려함을 회복하고, 땅덩어리는 번쩍번쩍 광택이

나며 전날의 기상을 완전히 되찾은 것 같았다.

이어서 논공행상(論功行賞)이 거행되었다. 황제는 기쁜 마음으로 여러 크고 작은 벼슬아치들을 불러 공로에 따라 상을 내리고 벼슬을 높였다. 주연(朱鉛)은 화국공(華國公)에 봉하고, 윤안은 이경후(二卿侯)에 봉했다. 또 방취를 상산후(常山侯)로 삼았다.

이때 한 사람이 문득 반열(班列) 가운데에서 걸어나와서 아뢴다.

"소장이 만일 수군을 독려하여 구리공을 무찌르지 않았던들 주연·백광 등이 공을 세울 수는 없었을 것입니다. 하오나 지금 이 사람의 공로는 두 장수의 아래에 있사오니, 어찌 부끄러운 일이 아니오니까?"

황제는 비로소 깨닫고, 이에 관정에게 치사하고 복성공을 삼았다. 이어서 마령(磨零)은 도성후(搗城侯)로, 양수(楊樹)는 백양후(白楊侯)로, 납용(蠟容)은 도평후(都平侯), 차연(釵延)은 운성후(雲城侯), 섭강(鑷强)은 철성후(鐵城侯)에 각각 봉하고, 잔치와 가무(歌舞)를 벌이게 했다.

열다섯 장수들은 모두 황제의 은덕에 감격하여 각기 맡은 바 직책을 부지런히 하여, 이후로부터는 나라가 태평하게 되었다.

만덕전(萬德傳)

채제공(蔡濟恭)

채제공(蔡濟恭)

　숙종~정조 때의 문신. 호는 번암(樊巖). 문과에 급제하여 승문원
(承文院)의 수찬(修撰)·교리(校理) 등을 거쳐 호서암행어사(湖西暗行
御史)가 되어 균역(均役)과 염세(鹽稅)의 실시에 대한 백성들의 의견
을 조사해 올렸다. 한성부우윤(漢城府右尹)·예조참판·병조판서 등
을 역임하고, 호조판서로서 동지사(冬至使)가 되어 청나라에 다녀왔
다. 지중추부사를 지낸 후 좌의정에 올랐다. 천주교도들에 대한 박해
가 시작되자 천주교 신봉의 묵인을 주장했다. 진산사건(珍山事件)으로
파직되었다가 좌의정에 복직했으며 영의정에까지 오르는 동안 천주교
에 대한 박해를 확대시키지 않았다. 판중추부사로 죽었는데, 정순왕
후(貞純王后) 김씨가 수렴청정(垂簾聽政)하면서 천주교에 대한 탄압을
할 때 관작이 추탈(追奪)되었다가 이내 신원(伸冤)되었다. 이 글은 그
의《번암집(樊巖集)》속에서 뽑은 유명한 글이다.

만덕전(萬德傳)

만덕(萬德)이란 성(姓)이 김(金)이니 탐라(耽羅)[1]의 양가(良家) 딸이다.

어려서 어미를 잃고 의지할 곳이 없어서 기녀(妓女)가 되어 살아가고 있었다. 조금 커서 관가(官家)에서는 만덕의 이름을 기생의 명부에 올렸는데, 이때 만덕은 비록 머리를 숙이고 기녀의 일에 종사했으나, 그 스스로는 기녀가 되는 것을 원치 않았다.

이에 나이 20여 세가 되자 관가(官家)에 울면서 호소하자 관에서 불쌍히 여겨 기생의 명부에서 삭제해 주니, 다시 양가(良家)로 돌아왔다.

만덕은 비록 집에 있었으나 탐라(耽羅)의 장부(丈夫)라 남편을 맞지 않고, 그 재능이 재물을 불리는 데에 특이하고, 시세(時勢)와 물정(物情)의 고하(高下)에 판단이 능숙하여, 팔

---

1) 제주도의 옛 이름.

고 사는데 이익을 보아 자못 수십 년이 되자 재물을 모았다는 이름이 나타나게 되었다.

정조(正祖) 19년 을묘(乙卯)에 탐라에 흉년이 들어 백성들이 서로 베개하고 쓰러져 죽게 되니, 임금이 배에 곡식을 실어다가 먹이게 했다.

이때 파도치는 8백 리 바닷길에 돛단배가 북[梭]처럼 왕래했으나 오히려 시기에 미치지 못하는 때가 있었다. 이에 만덕이 천금(千金)을 내놓아 육지에서 쌀을 사서 모든 군현(郡縣)의 선부(船夫)를 시켜 그 때마다 쌀을 들여왔다. 만덕은 여기에서 10분의 1은 친척을 살리고 그 나머지는 모두 관가(官家)에 수송하니, 굶주린 자들이 듣고 모두 관가로 모여들었다. 이에 관가에서는 급한 자와 급하지 않은 자를 조사해서 나누어 주기를 차등 있게 했다. 이에 남녀가 모두 나가서 만덕의 은덕을 칭송하여 모두 말하기를, "우리를 살린 사람은 만덕이다" 했다. 제주 목사(濟州牧使)가 그 일을 조정에 알렸더니, 임금이 크게 기특히 여겨 회유(回諭)하기를 "만덕이 무슨 소원이 있다면 어렵고 쉬운 것을 묻지 말고 소원대로 들어주도록 하라" 했다.

이에 목사가 임금의 말씀으로 일러 말하기를, "너의 소원이 무엇이냐?" 하니, 만덕이 대답하기를 "소원은 없사오나 한 번 서울에 들어가서 임금님 계신 곳을 바라보고, 그 길로 금강산에 들어가서 1만 2천 봉을 구경했으면 죽어도 한이 없겠습니다" 했다. 이는 대개 탐라 여자의 금법이 바다를 건너서 육지에 가지 못하는 것이 국법(國法)이었기 때문이다.

목사가 그의 원하는대로 아뢰자, 임금은 그 소원대로 들어

주라고 하명했다. 관에서 말을 대령해서 체번(遞番)으로 바
꿔 주어, 이에 만덕은 배를 타고 구름바다 반경창파를 건너
와서 병진(丙辰)에 서울에 들어와서 채 상국(蔡相國 : 濟恭)
을 한두 번 만나보니, 상국이 이 사실을 임금께 보고하고 선
혜청(宣惠廳)[2]에 명하여 약곡을 월급(月給)으로 주게 하고,
수일 후에 내의원(內醫院)[3]의 의녀(醫女)로 삼게 명하여 모든
의녀의 반수(班首)에 있게 했다.

이에 만덕이 예에 의해서 내전(內殿)의 합문(閤門)에 나가
문안을 올리자 전궁(殿宮)에서 각 시녀(侍女)를 시켜 전교하
기를, "네가 일개 여자로 의기를 내서 주린 백성 천백 인을
구제했다 하니 기특하도다" 하고 몹시 후한 상을 내렸다.

반년이 되어 정사(丁巳)년 늦은 봄에 금강산으로 들어가
만폭동(萬瀑洞)과 중향(衆香)의 기묘한 절승(絶勝)을 더듬어
보고, 금불(金佛)을 만나면 문득 이마를 땅에 대는 예불(禮
佛)을 하고, 불전(佛前)의 공양을 정성껏 했다. 이는 대개 불
법(佛法)이 제주에 들어가지 않았더니, 만덕이 나이 58세에
비로소 불상과 절을 보았던 것이다. 그는 안문령(雁門嶺)을
넘어 유점사(楡岾寺)로 해서 고성(高城)으로 내려왔다.

삼일포(三日浦)에서 배를 타고 통천(通川)의 총석정(叢石
亭)에 올라가 천하의 기승 경관(奇勝景觀)을 다 보고 그런 연
후에 도로 서울로 돌아왔다. 여러 날을 유련(留連)하다가 장
차 고국으로 돌아갈새, 내원(內院)에 나가 귀향(歸鄕)을 궁전

---

2) 대동미(大同米) · 대동목(大同木)을 출납하던 관아.
3) 삼의사(三醫司)의 하나.

(宮殿)에서 상을 내리기를 모두 전과 같이 했다.

이때를 당하여 만덕의 이름이 왕성(王城)에 가득하여 공경대부(公卿大夫)와 선비들이 한 번 만덕의 얼굴을 보기를 원치 않는 자가 없었다. 만덕이 길을 떠나기에 이르러 채 상국을 작별하는데 목이 메어 말하기를, "이 생전에 다시는 상공의 모습을 뵈올 수 없겠습니다" 하고 계속해서 눈물을 흘리면서 운다.

이에 상국이 말하기를, "진시황(秦始皇)과 한무제(漢武帝)가 모두 이르기를 바다 가운데에 삼신산(三神山)이 있다고 했고, 세인이 말하기를, 우리나라 한라산(漢拏山)이 곧 이른바 영주(瀛州)요, 금강산이 이른바 봉래(蓬萊)라고 했으니, 네가 탐라에서 생장하여 한라산에 오르고 백록담(白鹿潭) 물을 마셨으며, 이제 금강산을 두루 밟았으니, 삼신산 가운데에서 네가 그 둘을 차지해서 안아 보았으니, 천하의 억만 남자가 능히 이와 같은 자가 있겠느냐! 지금 작별하는 마당에 도리어 아녀자(兒女子)처럼 눈물을 흘리는 태도는 무엇인가?" 하고, 이에 그 일을 기록하여 만덕전(萬德傳)이라 하여 웃으면서 주었다.

성상(聖上) 21년 정사(丁巳) 하지(夏至) 날에 번암 채 상국은 78세에 충간의담헌(忠肝義膽軒)에서 쓴다.

이순신전(李舜臣傳)

홍양호(洪良浩)

홍양호(洪良浩)

영·정조 때의 문신이자 학자. 호는 이계(耳谿). 대사간을 지낸 뒤에 동지부사(冬至副使)로 청나라에 다녀왔고, 다시 동지 겸 사은사(冬至兼謝恩使)로 청나라에 다녀온 뒤에 이조판서가 되고 양관대제학(兩館大提學)을 겸했다. 판중추부사(判中樞府事)도 겸했다. 학문과 문장에 뛰어났고, 청나라에 갔을 때는 대구형(戴衢亨)·기효람(紀曉嵐) 등 학자와 교유(交遊)했고, 귀국 후에는 고증학(考證學) 발전에 크게 기여했다. 또한 지방관(地方官)으로 나가면 치산(治山)·식수(植樹)에 주력했고, 특히 통신사(通信使) 일행에게 의뢰하여 일본의 묘목을 가져와 우이동(牛耳洞)에 심어 뒷날의 경승지(景勝地)를 이루었다. 글씨에도 능했는데, 특히 진체(晉體)·당체(唐體)에 뛰어났다.

이순신전(李舜臣傳)

　　이순신(李舜臣)의 자(字)는 여해(汝諧)이니 덕수(德水) 사람이다. 어릴 때부터 영특하고 고결(高潔)해서 세상 일에 얽매이지 않았으며, 아이들과 함께 노는데 항상 싸움터 놀이를 하면서 놀았다. 자라면서 무과(武科)에 종사하여 말 타고 활 쏘는 재능이 남보다 뛰어났으며, 비록 무인(武人)과 교유(交遊)하는 데도 고상(高尚)하고 간이(簡易)하며, 조용해서 말이 적고, 실없는 소리를·입에 내지 않으니 동료들이 모두 두려워했다.

　　선조(宣祖) 9년 병자(丙子)에 무과(武科)에 급제했으나 벼슬을 구해서 요로(要路)에 찾아가지 않았다. 훈련원 봉사 권지(訓鍊院奉事權知)[1]라는 군직(軍職)에 나갔다. 이때 병조판서(兵曹判書) 김귀영(金貴榮)이 서녀(庶女)가 있어 순신(舜臣)에게 첩실(妾室)로 주고자 하자, 순신은 사양하기를 "처음

---

1) 무예 연습과 병서(兵書) 강학을 맡는 군직(軍職).

벼슬자리에 나와서 어찌 권문(權門)에 인연을 맺겠는가?"했
다.

문성공(文成公) 이이(李珥 : 栗谷)가 이조판서(吏曹判書)가
되어, 그 이름을 듣고 말하기를 "이는 나의 동종(同宗)이다"
하고, 사람을 시켜 순신을 보기를 청했으나 순신은 좋아하지
않고 말하기를, "동종간(同宗間)으로 서로 보는 것은 좋지만,
전관(銓官 : 이조판서)이라면 만나보는 것이 옳지 않다"했다.

이때 북쪽 변방의 권관(權管)²⁾으로 나갔다가 임기(任期)를
마치고, 충청병사(忠淸兵使)의 군관(軍官)이 되었는데, 그는
일찍이 내 뜻을 굽혀 남을 따르지 않았다. 발포 만호(鉢浦萬
戶)가 되었을 때, 수사가 관사(官舍)의 오동나무를 베어 거문
고를 만들려 하자, 순신이 이를 거절하니 수사는 크게 노했
다. 그러나 감히 베어 가지는 못했다.

건원보 권관(乾原堡權管)에 전임(轉任)되었는데, 호인(胡
人) 올지내(亐乙只乃)³⁾가 오랫동안 국경에서 행패를 부리더
니, 순신이 계교를 써서 사로잡아서 관부에 바쳤다. 그러나
병사는 자기가 한 일이 아니라는 것이 마음에 걸려서, 도리
어 순신이 맘대로 군사를 움직였다 해서 죄를 주도록 위에
보고했다.

이때 아버지 상사를 당했고, 복(服)이 끝나자 사복시주부
(司僕寺主簿)에 승진되고, 다시 조산 만호(造山萬戶)에 제수
되었다. 이때 방백(方伯)이 녹둔도(鹿屯島)에 둔전(屯田)⁴⁾을

---

2) 보(堡)를 관리하는 종구품직(從九品職).
3) 호인(胡人).

152

설치하고, 순신으로 하여금 겸해서 관리하도록 했다. 이에 순신은 지방이 멀고 군졸(軍卒)이 적으니 병사를 더 보내 주기를 청했으나 병사(兵使) 이일(李鎰)은 이를 허락하지 않았다. 그러나 추수(秋收) 때가 되자 오랑캐가 군사를 이끌고 우리 군막(軍幕)으로 쳐들어오자 순신은 여기에 항전(抗戰)하여 그 두목을 쏘아 죽이고, 추격(追擊)해서 잡혀가던 둔졸(屯卒) 60여 명을 탈환했다. 이때 병사가 오랑캐와 틈을 만들어, 순신을 죽여 스스로 오랑캐에게 자기들의 입장을 해명하려 하여 형구(刑具)를 차려 장차 목을 베려 했다.

이에 군관들이 둘러서서 울면서 하직의 인사를 하고 술을 권한다. 이때 순신은 정색(正色)하고 말하기를 "죽고 사는 것은 천명(天命)인데 술을 마시고 취해서 어쩌자는 것이냐?" 하고 즉시 마당으로 나가서 항변(抗辯)하고 서명(署名)하지 않자, 병사(兵使)는 기가 질려서 가두어두고 위에 보고하니, 선조(宣祖)는 그의 무죄하다는 것을 살피고, 순신으로 하여금 종군(從軍)해서 스스로 공을 세우게 했다. 이윽고 배반한 적의 머리를 베어 바치고 용서받아 돌아왔다.

---

4) 군대가 머물러 수비하면서 농사 짓는 것.

일야구도하기(一夜九渡河記)

박지원(朴趾源)

박지원(朴趾源)

   호는 연암(燕巖). 1737년에 서울 야동(冶洞)에서 태어났다. 과거에 뜻을 두지 않고 독특한 그의 문학의 사상 세계의 확립에 힘을 기울였다. 그는 전의감동(典醫監洞) 우사(寓舍)에서 홀로 지내면서, 홍대용(洪大容)·이서구(李書九)·이덕무(李德懋)·박제가(朴齊家)·유득공(柳得恭) 등과 어울려 실학 세계의 추구에 열을 올렸다. 그 후에 금성도위(錦城都尉) 박명원(朴明源)의 사행(使行)을 따라 중국에 들어가, 당시 청(淸)나라 문화를 살피고, 유명한 《열하일기(熱河日記)》를 저술했는데, 이 〈일야구도하기〉도 역시 《열하일기》 속에 있는 글이다. 그 뒤 50세에 비로소 음사(蔭仕)로 선공감 감역(繕工監監役)에 임명되어, 안의현감(安義縣監)·면천군수(沔川郡守)·양양부사(襄陽府使) 등을 지내고 1805년 69세를 일기로 생을 마쳤다.

일야구도하기(一夜九渡河記)

이 물은 두 산 사이에서 흘러내려, 돌에 부딪쳐 싸우면서 흐르고 있다. 그 놀란 물너울, 분노한 물결, 애원하는 듯한 여울은 내달아 들이받고, 휘말려 곤두박질치고, 울며 으르렁거리며 고함치면서, 항상 장성(長城)을 쳐부술 기세이다. 전거(戰車) 만승(萬乘)과, 전기(戰騎) 만대(萬隊)와 전포(戰砲) 만가(萬架)와 전고(戰鼓) 만좌(萬坐)로서도, 그 으르렁거리고 무너져내리는 소리를 만족하게 형용하지는 못할 것이다.

모래 위엔 커다란 돌들이 우뚝우뚝 늘어서 있고, 강가에는 버드나무들이 어두컴컴한 모습으로 있어, 마치 물귀신들이 다투어 나와서 사람 앞에 버티고 있고, 좌우의 교리(蛟螭)[1]들이 움켜잡기라도 할 듯하다.

어떤 사람은 이곳이 옛 전쟁터였기 때문에 물소리가 그러

---

1) 교(蛟)는 교룡, 이(螭)는 용처럼 생기고 빛이 누른 것. 모두 아직 용이 되기 전의 상태에 있는 상상의 동물.

하다고도 한다. 그러나 이것은 그런 것이 아니라, 물소리는 듣기에 달려 있는 것이다.

나의 집이 있는 산 속 바로 문앞에 큰 내가 하나 있다. 해마다 여름철에 폭우가 한바탕 지나가고 나면, 냇물이 갑자기 불어나 마냥 거마(車馬)와 포고(砲鼓) 소리를 듣게 되어 이것이 마침내 귀에 못이 박혀버렸다.

나는 일찍이 문을 닫고 누워서, 그 냇물 소리를 유별(類別)해서 들어본 일이 있었다. 깊숙한 솔숲 속에서 울려나오는 솔바람 소리 같은 소리, 이 들리는 소리는 청아(淸雅)하다. 산이 찢어지고 언덕이 무너지는 듯한 소리, 이 소리는 분격해 있다. 뭇 개구리들이 다투어 우는 듯한 소리, 이 소리는 교만스럽다. 수많은 축(筑)²⁾이 번갈아 울어대는 듯한 소리, 이 소리는 노기에 차 있다. 별안간 떨어지는 천둥같은 소리, 이 소리는 경악에 차 있다. 약하기도 하고 세기도 한 불에 찻물이 끓는 소리, 이 소리는 흥취롭다. 거문고가 궁조(宮調)³⁾ · 우조(羽調)⁴⁾로 울려나오는 듯한 소리, 이 소리는 슬픔에 젖어 있다. 종이 바른 창문에 바람이 우는 듯한 소리, 이 소리는 회의(懷疑)에 설레이고 있다. 이 모두가 똑바로 듣지 못한 것이요, 다만 가슴속에 가정(假定)된 뜻이 있어, 이것을 귀가 받아들여 소리로 만들어진 것일 뿐인 것이다.

지금 나는 밤중에 한 물을 아홉 번 건넜다. 물은 새방 밖으

---

2) 옛날 중국의 현악기의 일종.
3) 옛 악곡(樂曲)의 음조(音調)의 총칭.
4) 남곡(南曲)의 음조(音調).

로부터 흘러나와, 장성(長城)을 뚫고 유하(楡河)·조하(潮河)·황화(黃花)·진천(鎭川) 등의 여러 줄기와 합쳐져서, 밀운성(密雲城) 밑을 지나 백하(白河)가 된다. 나는 어제 배로 백하를 건넜는데, 바로 이 물의 하류(下流)였다.

내가 요동(遼東) 땅에 처음 들어왔을 때는 바야흐로 한여름이어서 뙤약볕 속을 가는데 갑자기 대하(大河)가 앞을 가로막아 시뻘건 물결이 산처럼 일어나서 건너편 언덕이 보이지 않을 정도였다. 이는 대개 천리 밖 상류 지방에 폭우가 쏟아진 때문이다. 물을 건널 적에 사람들이 모두 머리를 젖혀 하늘을 우러러보기에, 나는 그들이 모두 하늘을 향하여 비는 것이라고 생각했다. 그러나 뒤에 안 일이지만, 물을 건너는 자가 물이 소용돌이치고, 용솟음치기도 하며, 세차게 내닫는 것을 보면, 몸은 거슬러올라가는 것 같고, 시선은 물 흐르는 것을 따라 내려가는 것 같아, 갑자기 현기(眩氣)가 나서 물에 빠질 것이기 때문에, 그들이 머리를 젖혀 하늘을 우러러본 것은 하늘에 기도하기 위한 것이 아니라, 차라리 물을 외면하고 보지 않기 위한 것이었다. 사실 어느 순간에 그 잠깐 동안의 위급한 목숨을 위해서 기도할 수 있었겠는가?

그 위험하기가 이와 같았는데도, 오히려 강물소리는 들리지 않는다. 모두가 말하기를,

"요동(遼東) 벌판이 평평하고 넓기 때문에 물이 소리를 내지 않는다" 한다. 그러나 이것은 강물을 알지 못하는 말이다. 요하(遼河)가 울지 않는 것이 아니라, 다만 밤중에 건너지 않았기 때문이다.

낮에는 물을 볼 수 있기 때문에, 오로지 눈으로 위태로움

을 보는 데에만 쏠려, 바야흐로 벌벌 떨면서 도리어 눈을 가지고 있는 것을 걱정해야 할 판인데, 대체 무슨 소리가 들리겠는가?

지금은 밤중에 강을 건너는 터라, 눈으로 위태로운 모습을 보지 못하기 때문에 그 위태로움이 오로지 귀로만 쏠려서 벌벌 떨면서 그 두려움을 감당하지 못하는 것이다.

나는 이제야 도(道)를 알았다. 마음을 유적(幽寂)하게 갖는 자는 이목(耳目)이 누(累)가 되지 않고, 이목을 믿는 자는 보고 듣는 것이 자세하면 자세할수록 더욱 병통이 되는 것이다. 내 마부(馬夫)가 말에게 발을 밟혔기 때문에 뒷 수레에 태우고, 드디어 말의 재갈을 풀고 강물에 떴다. 무릎을 오그리고 발을 모아 안장 위에 앉았다. 말에서 한번 떨어지기만 하면, 강물 속이다. 그렇게 되면 강물로 땅을 삼고, 강물로 옷을 삼으며, 강물로 몸을 삼고, 강물로 성정(性情)을 삼게 될 것이다. 이에 한번 떨어질 것을 마음속에 각오하고 나자, 내 귀에는 마침내 강물 소리가 들려오지 않아, 모두 아홉 번이나 강을 건너는데 조금도 걱정되지 않아, 마치 평탄한 자리 위에서 기거(起居)하고 좌와(坐臥)하는 것과 같았다. 옛날 우(禹)가 강을 건너는데, 황룡(黃龍)이 등으로 배를 저었다고 하니, 이는 지극히 위태로운 일이나, 사생(死生)의 판단이 먼저 마음에 분명해지고 보면, 용이라고 해서 크게 보일 것도 아니요, 도마뱀이라고 해서 작게 보일 것도 없을 것이다.

소리와 빛은 외계(外界)의 사물이다. 외계의 사물이 항상 이목(耳目)에 누(累)가 되어 사람으로 하여금 그 시청(視聽)의 온당함을 잃게 하는 것이 이와 같다. 하물며 인생이 세상

을 살아가는 데는, 그 험하고 위태로운 것이 강물보다 심한
데가 있고, 보고 듣는 것이 곧잘 병통이 되는 데에 있어서랴?
나는 또 나의 산 속으로 돌아가 다시 앞 시냇물 소리를 들어
보아 이것을 징험해 보고, 몸가지는 데 교묘하고, 또 스스로
그 총명함을 자신하는 자들에게 경고(警告)하리라.

백이론(伯夷論)

박지원(朴趾源)

백이론(伯夷論)

　《사기(史記)》에 보면, 무왕(武王)이 주(紂)를 정벌하려 하자, 백이(伯夷)는 그 말고삐를 잡고 간했고, 무왕이 결국 은나라를 멸망시키고 주나라를 세우자 백이는 수치스럽게 여겨 수양산(首陽山)에 숨어 있다가 굶어 죽었다고 했다.

　이에 대해서 나는 논한다.

　백이가 무왕을 간했다는 사실은 경서에는 보이지 않으니, 이는 제동야인(齊東野人)의 말[1]이었던 것을 사마천(司馬遷)이 취해다가 사료(史料)로 삼은 것이다. 그러니 이것은 족히 믿을 것이 못된다. 그러나 이 책의 기록을 믿는다고 전제한다면 논의할 만한 점이 충분이 있다.

　대체로 백이는 이른바 천하의 대로 현인(大老賢人)이니, 서백(西伯)[2]이 일찍이 예우(禮遇)해서 봉양했었다. 그런데 무

---

1) 제나라 벽촌 사람의 말. 믿을 수 없는 황당한 말.

왕이 정벌하러 나설 때에 무왕의 측근들이 그를 병기로 해치려 했다. 아아! 선왕(先王)이 예우해서 봉양했던 신하이자, 천하의 이른바 대로 현인을 면전에서 측근들이 바로 병기로 해치려 했다. 아아! 선왕(先王)이 예우해서 봉양했던 신하이자, 천하의 이른바 대로 현인을 면전에서 측근들이 바로 병기로 해치려고 했으니, 무왕이 "내가 해치는 것이 아니라 병기가 해치는 것이다" 했다면, 그때 태공(太公)이 아니었던들 백이는 과연 죽음을 면했을까? 전에 이윤(伊尹)은 한 사람이라도 제 자리를 얻지 못하면, 마치 자신이 개울에 밀어 넣은 것처럼 여겼고, 한 사람의 죄없는 사람을 죽여 천하에 왕노릇 할 수 있다고 해도 그 짓을 하지 않을 것이었으니, 이는 역시 무왕의 뜻이기도 했다.

무왕은 천하에 대하여 성언(聲言)하기를,

"상(商)나라가 노성(老成)한 이의 말을 듣지 않는다"

라고 말할 것이었다. 그리한데도 주나라가 일어날 적에 대로 현인인 사람이 그 불의를 간했으니, 무왕이 천하를 얻은 것을 간하는 말을 듣지 않은 데에서부터 시작된 셈이다.

또 그는 천하에 대하여 성언하기를,

"상나라가 죄없는 사람을 죽인다"

라고 할 터였다. 그러한데도 주나라가 일어날 적에 대로 현인인 사람이 그 죽음을 바로잡지 못했으니, 주나라가 천하를 차지한 것은 죄없는 사람을 죽인 데서부터 시작된 셈이다.

---

2) 주나라 문왕을 말함. 주(紂)가 문왕을 명하여 서방 제후의 장(長)으로 삼은 데서 이름.

이 세 가지는 바로 무왕 자신이 남을 정벌하게 된 까닭인데, 우둔하게도 자신을 돌아보지 않았단 말인가?

무왕은 기자(箕子)가 갇혀 있는 것을 풀어주고, 비간(比干)[3]의 분묘를 봉해주고, 상용(商容)[4]이 살던 마을에 경례(敬禮)를 표했다. 그러면서도 유독 백이에게만은 유의하지 않았으니 이는 무슨 까닭인가? 아아! 그가 살아 있는 동안은 예우해서 봉양하기를 문왕이 하듯이 해야 했고, 그가 떠나간다면 신하로 보지 않기를 기자에게 하듯이 해야 했고, 의롭게 여기고 표창하기를 상용에게 하듯이 해야 했고, 그가 죽은 뒤에 분묘를 봉해 주기를 비간에게 하듯이 했어야 옳았던 것이다.

나는 여기에서 이렇게 말한다.

탕(湯)과 백이와 무왕은 동도(同道)였으니, 이는 천하 후세를 위하여 다같이 우려한 때문이다. 탕이 걸(桀)을 방축(放逐)하자, 천하가 얼굴을 펴 좋아하기만 하고 아무도 괴이하게 여기지 않자, 탕은 우려하여 말하기를

"나는 후세를 나를 가지고 구실(口實)을 삼을까 두렵다"

고 했다. 무왕이 이에 탕의 방식을 따라서 행해도 천하고 또 얼굴을 펴 좋아하기만 하고, 괴이하게는 여기지 않았으니 그 후세를 위한 우려가 참으로 컸던 것이다. 그렇기 때문에 백이가 무왕을 그르다고 한 것은 그 거사(擧事) 자체를 그르게

---

3) 은나라 주왕(紂王)의 숙부로서, 주왕의 악정(惡政)을 간하다가 죽음을 당했다.
4) 주왕때 대부로서 직간(直諫)하다가 물리침을 당했는데, 무왕(武王)이 은나라를 이긴 뒤에 그가 사는 마을을 표창했다.

여긴 것이 아니요, 그 의리를 밝혔을 따름이다. 그리고 무왕이 백이를 봉하지 않았던 것은 그를 잊어서가 아니요, 그 의리를 드러내려 했을 뿐이다. 그 후세 천하를 위해서 우려했던 것은 마찬가지였다.

아아! 그를 예우해서 봉양한 것도 족히 그 의리를 후세에 밝히지를 못할 것이고, 그를 신하로 보지 않은 것도 족히 그 의리를 후세에 밝히지 못할 것이요, 봉해 주는 것도 족히 백이를 후하게 대접하는 것이 못되기 때문이었던 것이다.

혜녀전(慧女傳)

이덕무(李德懋)

이덕무(李德懋)

　종실(宗室) 무림군(茂林君)의 후예로, 호는 아정(雅亭). 이 밖에 청장관(靑莊館) · 동방일사(東方一士)라고 했다. 청장이란 해오라기 종류의 수금(水禽)으로서 앞에 다가오는 먹이만을 먹고 사는 청렴한 새라고 한다. 규장각(奎章閣)을 건설한 후 준재(俊才)를 뽑아 쓸 때, 그는 특히 최초로 선발되어 유득공(柳得恭) · 박제가(朴齊家) · 서리수(徐理修)와 함께 검서관(檢書官)에 임명되니, 세상에서 이른바 사교서(四校書)가 그들이었다. 이로부터 궐내 소장의 기문진서(奇文珍書)를 마음대로 열람하는 기회를 얻어, 동료의 명류(名流)들과 서로 강마(講磨)하여 식견(識見)을 더욱 넓혔다. 그 후에 부연사(赴燕使)의 서장관(書狀官)을 따라 연경(燕京)에 가서, 그 나라 문인 · 재사(才士)들과 만나 담론(談論)하여 더욱 그 안목을 갖추었다. 특히 그는 시(詩)에 새로운 격조(格調)를 띠어 유득공 · 박제가 · 이서구(李書九)의 시와 함께 사가(四家)의 칭호를 듣게 되었다. 한편 그는 서파(庶派)라는 신분적 제약과, 빈한에 대한 한(恨), 기질의 허약에 대한 한 등이 있었으니, 이러한 한과 불평은 그 수양된 품격에 의하여 밖으로 노출되지는 않았고, 다만 그 표현하지 않는 마음속에 쌓인 우울한 기분을 때로 시가(詩歌)와 유람(遊覽)과 서화(書畵)를 통해서 발산하기도 하고, 또한 연구와 저술의 진미(眞味) · 진락(眞樂)으로써 이를 잊었던 것이다. 여기에 실은 그의 몇 편의 전기(傳記) 중의 하나인 〈혜녀전〉은 그의 방대한 《청장관전서(靑莊館全書)》 속에서 뽑은 것이다.

혜녀전(慧女傳)

어느 고을에 후처(後妻)에게 빠진 선비가 있었는데 그 성명은 모른다. 전처의 딸이 결혼하여 사위를 맞게 되었는데, 첫날밤 한밤중에 어떤 도적이 군복을 입고, 큰 칼을 비껴 들고 창 밖에서 번쩍번쩍 광채를 내면서 큰 소리로 호통치기를,

"신랑(新郎)은 빨리 나오너라. 그러잖으면 내 이 칼로 너를 쳐서 죽이리라"

한다.

신랑이 크게 두려워하여 나가려 하자, 신부가 그의 옷자락을 잡으면서,

"제가 나가서 처리하겠습니다"

하더니, 바로 문밖으로 뛰어나가더니 군복 입은 사람을 부둥켜안고,

"어머니! 어머니! 어찌하시려고 이러십니까?"

하니, 그 도둑은 칼을 던지고 고개를 떨어뜨린다.

이때 집안 사람들이 나와 불로 비춰 보니, 그것은 바로 계모였다.

이에 신랑은 비로소 신부의 어머니가 악한 사람이라는 것을 알게 되었고, 모든 의심도 깨끗이 풀렸다.

그러나 신랑은 다음날 아침 일찍 행장을 꾸려 집으로 급히 돌아갔는데, 계모는 그 본처의 딸이 자기의 악한 짓을 소문냈다고 성이 나서 신부를 죽여 묻어버렸다.

그 후 오래 있다가 신랑이 가 보니, 신부가 없는데 모두 말하기를,

"병으로 죽어서 이에 장사지냈다"

고 한다.

이에 신랑은 크게 의심하여 무덤을 찾아 파헤치고, 염(殮)한 것을 풀어보니 모습이 살아있는 것 같은데, 옷에 핏자국이 얼룩져 있다.

신랑은 몹시 슬프고 분하게 여겨, 새옷으로 시체를 바꾸어 입히고 새로 장사를 지낸 뒤에, 장인에게 이르기를

"내 아내의 원수를 그대가 갚아주시오"

하고 집으로 돌아갔다. 이에 신부의 친척들이 의논하여 후처를 내쫓았다.

군자(君子)는 다음과 같이 말했다.

"여자의 지혜로움이여! 남편이 나가는 것을 말리고 계모를 부둥켜안아, 후모(後母)에게 죽음을 당할 것을 뻔히 알면서도 회피하지 않았으니, 첫째는 남편을 죽음에서 구해주고, 둘째는 남편의 의심을 풀어 주었다. 아아! 남편의 지혜롭지 못함이여! 이미 그 아내의 계모가 적인 줄을 알았으면, 어찌

하여 그 다음날 그 아내를 데리고 돌아가지 않고, 혼자서만
가버려서 도리어 그 후모로 하여금 마음대로 아내를 해치게
했단 말인가? 아아! 그 지혜롭지 못함이 심하도다"
했다.

북한산유람기(北漢山遊覽記)

이덕무(李德懋)

북한산유람기(北漢山遊覽記)

이틀 밤을 묵고 다섯 끼니를 먹으면서 산의 안팎에 있는 열한 개의 사찰과 암자·정자·누대(樓臺)를 두루 관람했다. 보지 못한 것은 암자가 하나, 사찰이 둘이니, 이는 곧 봉성사(奉聖寺)와 보국사(輔國寺)이다. 스님은 말하기를, "이것은 사찰 중에서 최하의 것이다" 했다. 함께 유람한 사람은 자휴(子休)[1]와 여수(汝修)[2]이다. 시는 모두 41편이며, 암자·사찰·정자·누각에는 각각 기(記)가 있다.

이 산은 대개 백제(百濟)의 고도(古都)이니, 우리 조종(祖宗)께서 군사를 훈련하고 양곡을 저장하여 보장(保障)하던 곳으로, 서울과의 거리는 30리이다.

문수문(文殊門)으로 들어가 산성(山城)의 서쪽 문으로 나왔다. 때는 신사년(1761) 9월 그믐날이다.

---

1) 남복수(南復秀)의 자(字).
2) 남홍래(南鴻來)의 자(字).

세검정(洗劍亭)

수많은 돌을 따라 올라가니 정자는 큰 반석 위에 있다. 돌은 흰 빛인데, 시냇물은 돌 사이로 흐른다. 난간에 의지하여 바라보고 있노라니 물소리가 못과 산을 스쳐간다. 정자의 이름은 세검정이요, 왼쪽에는 서 있는 돌[立石]이 있는데 연융대(練戎臺)라고 새겨져 있다.

소림암(小林庵)

세검정의 북쪽 수십 보 되는 곳에 석실(石室)이 있고, 3개의 석불(石佛)이 앉아 있는데, 예로부터 내려오면서 향화(香火)가 끊어지지 않는다. 내가 어렸을 때에는 굴(窟)만 있고, 감실(龕室)[3]은 없었는데, 지금은 작은 지붕을 만들어 덮었다. 중은 이것을 정화(淨和)라고 한다.

문수사(文殊寺)

저녁때 문수사에 이르러 평지를 굽어 보니, 하늘의 절반쯤 오른 듯하다. 불감(佛龕)[4]을 큰 석굴(石窟)로 만들었다. 감실을 따라 좌우로 구불구불 걸어가는데, 물방울이 비오듯하여 옷을 적신다. 끝까지 가자 돌샘이 있는데 물빛이 차갑고 푸르다. 좌우에는 5백 나한(羅漢)을 나란히 앉혀 놓았다. 석굴의 이름은 보현사(普賢寺)라고 하기도 하고 문수사라고도 한

---

3) 여기에서는 탑 밑에 있는 작은 석실(石室)로서 불단(佛壇)을 말함.
4) 탑 밑에 있는 작은 석실로 여기에서는 불단을 말함.

다. 삼불(三佛)이 있는데, 돌로 만든 것은 문수보살(文殊菩
薩)이고, 옥으로 만든 것은 지장보살(地藏菩薩)이며, 금으로
도금한 것은 관음보살(觀音菩薩)이다. 이 때문에 삼성굴(三聖
窟)이라고도 한다. 굴 옆에 칠성대(七星臺)라고 부르는 대
(臺)가 있다. 여기에서 머물러 밥을 먹고 북으로 문수성문(文
殊城門)으로 들어갔다.

보광사(普光寺)

날이 저물어 성문에 이르니 이곳이 바로 산이 끝나는 곳이
다. 성문의 아래는 지형이 약간 낮고, 단풍나무〔楓〕, 녹나무
〔枏〕, 소나무〔松〕, 삼나무〔杉〕가 수없이 많으며, 텅 빈 골짜기
에는 메아리가 잘 울린다. 찬 기운이 처음으로 사람을 엄습
한다.

드디어 보광사에 이르니 법당(法堂) 오른쪽 조정(藻井)⁵⁾에
세 사람의 성명(姓名)을 크게 써놓았다.

화상(和尙)들은 모두 무예(武藝)에 관한 이야기를 했으며,
벽실(壁室)에는 창 · 칼 · 활 · 화살 등을 저장하고 있었다.

황혼 무렵에 태고사(太古寺)에 이르러 잤다.

태고사(太古寺)

절의 동쪽 산봉우리 밑에 고려(高麗)의 국사(國師)인 보우
(普愚)의 비(碑)가 있다. 이 비문은 목은(牧隱)이 지었고, 권

___

5) 화재를 예방한다는 뜻으로 수초(水草) 모양의 그림을 그려 넣은
천장.

주(權鑄)가 글씨를 썼다. 국사의 시호(諡號)는 원증(圓證)이
고, 태고(太古)는 호(號)이다. 신돈(辛旽)[6]이 권세를 잡자 글
을 올려 그 죄를 논하다가 당시 임금에게 축출되었으니, 불
가로서 탁월하게 충절(忠節)이 있는 자이다. 입적(入寂)[7]하
자 사리(舍利)[8] 백 개가 나왔는데, 이것을 세 곳의 부도(浮
屠)[9]에 저장했다. 비음(碑陰)[10]에 우리 태조(太祖)가 나라를
세우기 전의 벼슬과 성명이 있고, 벼슬은 판삼사사(判三司
事)라고 되어 있다. 영조(英祖)가 금년에 특별히 명하여 비각
을 지어 비석을 덮게 하였다.

　이 절에 숙민상인(肅敏上人)이라는 자가 있는데, 조금은 글
을 알고 성품이 온화하고 담박하여 말을 나눌 만했다.

　조반을 먹고 용암사(龍巖寺)로 향했다.

용암사(龍巖寺)

　이 절은 북한산의 동쪽으로 가장 깊숙한 곳에 위치하고 있
다. 북쪽에는 다섯 봉우리가 있는데 그 중에 큰 것이 셋이니,
백운봉(白雲峰)·만경봉(萬景峰)·노적봉(露積峰)이다. 그래
서 삼각산(三角山)이라고 부른다. 그리고 인수봉(仁壽峯)과

---

6) 고려 말엽의 요승(妖僧).
7) 출가 수도(出家修道)하는 사람의 죽음. 적(寂)은 열반(涅槃)의 다
른 말.
8) 부처나 고승의 유골. 부처나 고승이 죽은 뒤 화장하면 구슬이 남
는다 하며, 그 구슬을 사리라 함. 송장을 화장하여 남은 뼈.
9) 사리탑(舍利塔).
10) 비석의 후면.

용암봉(龍巖峰)이 있다.

중흥사(重興寺)

용암사를 떠나, 오던 길을 따라 내려가니 지대가 조금 평
평하다. 거기에 중흥사라는 절이 있는데 고려 시대에 세워진
것이다. 11개의 사찰 중에 가장 오래되었고 또 크다. 앉아 있
는 금불(金佛)은 높이만도 한 길이 넘었다.

승장(僧將)이 부(府)를 창설하여 주둔하고, 팔도의 승병을
영솔했는데 이름은 궤능(軌能)이라 하고 직책의 이름은 총섭
(總攝)이라 했다. 옆에 마석(磨石)이 있는데, 암석에 그대로
조각한 것이었다.

산영루(山暎樓)

중흥사에서 비스듬히 걸어 서쪽으로 가면 숲이 하늘을 가
리고 맑은 시냇물이 콸콸 흐른다. 갓〔冠〕과 같기도 하고 배
〔舟〕와 같기도 한 큰 돌이 많은데, 쌓이고 쌓여 대(臺)를 이
룬 것도 간혹 있었다.

경치가 대개 세검정과 같으나 더 그윽했다.

부왕사(扶旺寺)

이 절은 북한산 남쪽 깊은 곳에 있다. 골짜기는 청하동(靑
霞洞)이라 하는데, 동문(洞門)이 그윽하고 교묘하여 다른 곳
은 모두 이와 짝하기 어려운 경치였다.

임진왜란 때 승장(僧將)이었던 사명대사(泗溟大師) 유정
(惟政)의 초상이 있는데, 궤(几)에 의지하여 백주미(白塵尾)[11]

를 잡았으며, 모발은 다 빠져서 없고 배를 지나는 긴 수염이 늘여져 있다. 서쪽 벽에는 민환(敏環)의 초상이 있다. 쉬면서 점심을 먹었다.

원각사(圓覺寺)

남쪽 성문에 올라 서해를 바라보니 하늘과 연접되어 있다. 마니(摩尼)의 여러 산이 바다 사이에 주먹 만하게 보였다.

나한봉(羅漢峰)이 있는데, 높이 솟은 모양이 마치 부도(浮屠)가 서 있는 것 같다. 그 아래에 절터가 있는데, 고려 시대에 3천 명의 중이 거처했으므로 삼천승동(三千僧洞)이라 한다.

진국사(鎭國寺)

산영루를 등지고 험악한 길을 이리저리 찾아 북으로 가면, 세 길쯤 되는 돌에 '백운동문(白雲洞門)'이라고 새겨져 있다.

물길을 따라 사문(寺門)에 당도하니, 붉은 나무와 흰 돌이 훤하게 구렁을 이루고, 물소리가 시원하고 맑게 들려온다.

상운사(祥雲寺)

진국사로부터 상운사에 이르는 데는 적석(積石)이라는 고개가 사이에 끼어 있다. 해질 녘에야 절에 도착하여 밥을 먹고 잤다.

아침에 서암사(西巖寺)로 향하는데, 골짜기로 3~4리쯤 가

---

11) 흰 사슴 꼬리로 만든 총채.

니 물이 폭포를 이루었다가 구불구불하게 흘렀다.

대개 고개의 좌우는 자못 넓고 깊었다.

서암사(西巖寺)

성의 서문에서 가까운 곳에 큰 누(樓)가 물과 돌이 교차된 곳에 임해 있다. 바람이 이는 거센 여울과 소나무에서 나는 바람소리, 텅 빈 가운데 음운(音韻)이 생기니, 쏴쏴하는 빠른 소리는 마치 비오는 것과도 같다, 대면해서 말을 해도 음성을 분별할 수가 없다.

이 절은 가장 낮지만 유독 깨끗하고 시원한 것으로 소문이 났다. 밥을 먹고 진관사(津寬寺)로 향했다.

진관사(津寬寺)

서문에서 10리쯤 나오면 들에는 밭이 많고 높은 곳은 사람들의 무덤이 되어 있다. 남쪽으로 작은 골짜기를 찾아가니 비로소 숲이 있다.

이 절은 바로 고려의 진관대사(津寬大師)가 거처하던 곳이다. 큰 돌기둥 수십 개가 아직도 시내의 왼쪽에 나란히 서 있다. 숲과 돌의 아름다움은 비록 내산(內山)[13]만 못하지만, 불화(佛畫)의 영묘(靈妙)하고 기이한 것만은 못지 않았다.

---

12) 설악산.

북학의(北學議) 서(序)

박제가(朴齊家)

박제가(朴齊家)

　정조 때의 실학자. 호는 초정(楚亭)·정유(貞蕤)·위항도인(葦杭道人). 박지원의 문하에서 실학을 연구. 이덕무·유득공·이서구 등 실학자와 교유했으며, 그들이 합작(合作)한 시집《건연집(巾衍集)》이 청나라에 소개되어 우리나라 시문 사대가(詩文四大家)의 한 사람으로 알려졌다. 다시 사은사(謝恩使) 채제공(蔡濟恭)의 수행원으로 청나라에 가서 이조원(李調元)·반정균(潘庭筠) 등 청나라 학자들에게 새 학문을 배우고, 귀국 후 저 유명한《북학의(北學議)》〈내외편〉을 저술했다. 정조의 특명으로 규장각 검서관(奎章閣檢書官)이 되어 많은 서적을 편찬했고, 동지사(冬至使)를 수행하여 청나라에 다녀왔다. 춘당대 무과(春塘臺武科)에 장원했고, 영평현감(永平縣監)으로 나갔다. 왕에게 바치기 위해《북학의》진소본(進疏本)을 작성했다. 여기에서는 그의 명저《북학의》의 서문만을 싣는다.

북학의(北學議) 서(序)

나는 어렸을 때 최 고운(崔孤雲)[1]과 조 중봉(趙重峰)[2]의 사람됨을 사모하여 개연(慨然)히 세대는 다르지만 한 번 말채찍을 잡아 그분들의 뒤를 따르고 싶은 소원이 있었다.

고운은 중국에 가서 진사가 된 다음, 본국으로 돌아와서 신라의 풍속을 혁신시켜 중국과 같이 문명을 진보시킬 것을 생각했다.

그러나 때를 잘못 만나서 마침내 가야산(伽倻山)에 들어가 숨어 살았는데, 삶을 어떻게 마쳤는지는 알 수가 없다. 중봉(重峰)은 질정관(質正官)[3]으로 연경(燕京)에 다녀왔는데, 그

---

1) 신라 말기의 학자. 이름은 치원(致遠), 고운은 그의 자. 당나라에 들어갔을 때 토황소격문을 지어 이름을 날렸고, 본국에 돌아와서는 세상이 어지러운 것을 보고 가야산에 들어가 일생을 마침.
2) 선조 때의 학자이자 의병장. 이름은 헌(憲). 중봉은 그의 호. 임진왜란이 일어나자 의병을 일으켜 싸우다가 금산(錦山)에서 7백 의사(義士)와 함께 전사했다.

가 지은 〈동환봉사(東還封事)〉[4]는 매우 정성스러웠다.

그는 남을 보면 나를 깨우치고, 남이 잘하는 것을 보면 그와 같아지기를 생각하고, 중국의 제도를 인용하여 오랑캐의 풍습을 변화시키려고 애썼다.

그리하여 압록강 동쪽에 천여 년 동안 내려온 이 조그만 모퉁이 나라를 일변시켜서 중국과 같은 문명에 이르게 하려던 사람은 오직 이 두 사람 뿐이었다.

올 여름에 진주사(陳奏使)[5]가 떠나는데 나도 청장(靑莊) 이덕무[6]와 함께 청나라에 가게 되었다.

연주(燕州)[7]와 계주(薊州)[8] 지방을 두루 보고, 오(吳)·촉(蜀)의 선비들과 사귈 수가 있었다.

그 때 몇 달 동안 머물면서 평소에 듣지 못하던 바를 듣고, 또 옛 풍속이 아직도 남아서 옛 사람들이 나를 속이지 않은 것을 감탄했다.

그 나라의 습속(習俗) 중에 우리나라에서 본받을 만한 것과 날마다 사용하기에 편리한 것을 듣고 보는 대로 붓으로 적고 또 시행해서, 이로운 것과 폐가 되는 것을 붙여 적어서

---

3) 글의 음운(音韻)이나 사물의 의문점을 중국에 가서 질문하여 알아 오는 일을 맡은 임시 관직.
4) 중봉(重峰)이 질정관으로 명나라에 다녀와서 그 곳의 문물제도 중에서 본받을 만한 것을 조목조목 열거한 글.
5) 중국에 주문(奏文)을 가지고 가는 사신.
6) 이조 정조 때의 학자. 호는 형암(炯菴), 또는 아정(雅亭). 근세 사대가(四大家)의 한 사람으로 박학 박식하고 문장에 뛰어났다.
7) 지금의 하북성(河北省) 창평현(昌平縣).
8) 지금의 하북성 삼하현(三河縣).

풀이한 다음, 맹자가 진량(陳良)⁹⁾을 말한 것을 따서 '북학의
(北學議)'라 이름했다.

　그러나 그 말들이 자질구레해서, 보는 이가 업신여기기 쉽
고 또 번거로워서 시행하기에 어렵게 되어 있다. 그렇지만
옛날 성왕(聖王)도 백성을 가르칠 적에 반드시 집마다 전하
고 호(戶)마다 깨우쳤던 것은 아니다. 절구를 한 번 만들자
온 천하의 낱곡식은 껍질이 벗겨졌고, 신을 한 번 만들자 온
천하에 맨발로 다니는 자가 없게 되었으며, 한 번 배와 수레
를 만들자 천하의 물자(物資)가 길이 막혔다는 핑계로 유통
(流通)되지 못하는 것이 없었으니, 그 가르친 법이 어찌 그리
간편했던가. 대개 이용후생(利用厚生)이 하나라도 빠진 것이
있으면 위로 정덕(正德)¹⁰⁾을 해롭게 하게 된다.

　그러므로 공자(孔子)는 "백성이 이미 많아졌으면 부유하게
해 주고, 부유해졌으면 가르쳐야 한다" 했고, 관중(管仲)¹¹⁾은
"의식(衣食)이 풍족해야 예절을 안다"고 했다.

　이제 민생이 날로 곤궁해지고 재용(財用)이 날로 궁핍해지
는데, 사대부(士大夫)들을 소매 속에 손만 꽂고 앉아서 이를
구원하지 않으려는가?

　도리어 옛 법에만 의존하여 편안하게만 지내면서 이를 모
르는 것인가?

　주자(朱子)는 학문을 논하면서, "이렇게 해서 병이 되거든,

---

9) 초(楚)나라 사람으로 주공(周公)과 공자의 도를 좋아하여 중국에
와서 유교의 도를 배워 북방 학자들보다 뛰어났다.
10) 올바른 덕.
11) 춘추시대 제(齊)나라의 정치가.

이렇게 아니하면 약이 된다. 진실로 병에 밝으면 약은 손을 쓰는대로 얻어진다" 했다.

그러므로 이 책은 오늘날 민생이 폐를 입는 원인에 대하여 더욱 정성을 기울였다.

비록 그 말이 지금 당장에 꼭 시행되지는 않더라도 그 마음만은 후세를 속이지 않을 것이다. 이것이 또한 고운(孤雲)·중봉(重峰)의 뜻이기도 한 것이다.

정조(正祖) 2년 무술(戊戌) 9월 그믐날 비가 오는데 위항도인이 통진(通津)에서 씀.

목민심서(牧民心書) 초(抄)

정약용(丁若鏞)

정약용(丁若鏞)

　자는 미용(美鏞), 호는 다산(茶山). 광주(廣州) 마현(馬峴)에서 태어 났다. 나면서부터 총명하고 뛰어난 소질을 지니고 있어, 7세 때에 이 미 시를 짓기 시작했고, 10세 때는 그의 시문(詩文)을 모아《삼미자집 (三眉子集)》이라는 시집을 내기도 했다. 병조참지 · 좌부승지를 역임 하고, 잠시 곡산부사(谷山府使)로 나갔다. 1801년에 소위 신유교난(辛 酉敎難)이라는 천주교도에 대한 대박해가 일어나, 두 형 약전(若銓) · 약종(若鍾)과 함께 체포되었는데, 약종은 참형(斬刑)을 당하고, 다산 과 약전은 유배(流配)되어 다산은 강진(康津)으로 갔다. 이곳에서 18 년이란 긴 세월을 귀양살게 되었는데, 거기에 있는 다산초당(茶山艸 堂)에서 글을 쓰고 제생(諸生)을 가르쳤다. 이《목민심서》는 바로 이 다산초당에서 이루어진 것이요, 그 밖의 많은 저서들도 대부분 이 시 기에 이루어진 것이다.

목민심서(牧民心書) 초(抄)

청심(淸心)

청렴하게 한다는 것은 수령(守令)된 자의 본연의 의무로서 온갖 선정(善政)의 근원이 되고 모든 덕행(德行)의 뿌리가 된다. 청렴하지 않고 목민관(牧民官)이라 할 수 있는 자는 일찍이 없었다.

청렴하다는 것은 천하의 큰 장사다. 그런 까닭에 크게 재물을 탐하는 자는 반드시 청렴한 것이다. 사람들이 청렴하지 못하는 까닭은 그의 지혜가 모자라기 때문이다.

그런 까닭에 옛부터 모든 지모(智謀)가 깊은 선비는 청렴한 것을 교훈으로 삼고 탐오(貪汚)한 것을 경계하지 않은 자가 없었다.

오직 백성의 고혈을 빨아먹는 자만이 탐관(貪官)은 아니다. 모든 식물과 선물을 보내온 것은 다 받아서는 안 된다.

청렴한 관리를 귀하게 여기는 까닭은 그가 지나간 곳은 산림(山林)이나 천석(泉石)이 모두 맑은 빛을 받게 되기 때문이다.

모든 진기(珍奇)한 물품으로서 본읍(本邑)에서 생산되는
것은 반드시 고을의 폐해가 되는 것이니, 하나도 가지고 돌
아가지 않아야만 청렴한 사람이라고 말할 수 있을 것이다.

교격(矯激)[1]한 행동과 각박한 정사는 인정에 맞지 않는 것
이니, 군자는 그것을 버려야 하고 그렇게 해서는 안 된다.

모든 민간(民間)의 물품을 사들일 때에 관(官)에서 정한 값
이 지나치게 헐하면 마땅히 시가(時價)로 사들여야 한다.

모든 잘못된 전례(前例)가 계속되고 있는 것은 애써 바로
잡아 고쳐야 하고, 간혹 그 중에서 개혁하기 어려운 것이 있
으면 나만이라도 그 잘못을 범하지 말아야 한다.

모든 관용(官用)의 포백(布帛)을 사들이는 자는 반드시 인
첩(印帖)을 갖게 한다.

비록 온갖 기술자가 다 갖추어져 있을지라도 절대로 사사
로이 물건을 제조하지 말아야 청렴한 선비의 관부(官府)인
것이다.

모든 일용(日用)의 지출 장부는 깊이 따지고 들여다보아서
는 안 되고, 빨리 말미(末尾)에 서명해야 한다.

수령의 생일날에 아전이나 군교의 제청(諸廳)에서 혹 성찬
(盛饌)을 올리는 일이 있더라도 받아서는 안 된다.

남에게 자기 재물을 희사(喜捨)한 일이 있을지라도 드러내
어 말하지 말며, 덕을 베풀었다는 말을 하지 말며, 남에게 자
랑하지 말며, 앞 사람의 잘못을 말하지 말 것이다.

청렴한 자가 은혜스러운 마음이 적으면 남들이 그를 병되

---

1) 지나치게 청고(淸苦)한 행동.

게 생각한다. 책임은 자신에게 무겁게 지우고, 남에게는 가볍게 해야 한다. 사사로운 청탁이 행해지지 않는다면 청렴하다고 말할 수 있을 것이다.

뇌물을 주고 받는 일을 어느 누가 비밀히 하지 않으리요마는, 밤중에 한 일이 아침이면 이미 드러나게 마련인 것이다.

제가(齊家)[2]

자기 몸을 바르게 가진 뒤에라야 집안을 바로 이끌어갈 수 있고, 집안이 바로 이끌어진 후에라야 나라를 다스릴 수 있다는 것은 천하에 통하는 원칙이다. 그러니 그 고을을 잘 다스리고자 하는 자는 먼저 그 집안을 바르게 이끌어가야 한다.

국법(國法)에 어머니를 모시고 봉양하면, 비용을 국비(國費)로 지급하고, 아버지의 봉양에는 그 비용을 지급해 주지 않는데, 그것은 이유가 있는 것이다.

안과 밖의 구별을 엄격하게 하고 공(公)과 사(私)의 한계를 명확하게 해야 한다. 법을 세워서 신칙(申飭)하고, 금지하기를 마땅히 천둥처럼 두렵게 하고, 서리처럼 싸늘하게 해야 한다.

사사로운 일로 청알(請謁)하는 일이 없어진 뒤에라야 가법(家法)이 엄하고, 가법이 엄한 뒤에라야 정령(政令)이 맑아진다.

검소하고 절약하여 화사(華奢)함이 없고, 관(官)에 있는 것

---

2) 집안을 바르게 통솔하는 것.

이 집에 있는 것과 같으며, 온 집안이 따라서 감화(感化)하여
원망하고 꾸짖는 일이 없다면 이것은 군자의 집안인 것이다.

절용(節用)

수령(守令) 노릇을 잘하는 자는 반드시 자애(慈愛)롭다. 자
애하고자 하는 자는 반드시 청렴해야 하고, 청렴하고자 하는
자는 반드시 절약해야 된다. 그러니 절용(節用)한다는 것은
수령된 자가 제일 먼저 해야 할 일이다.

절용이란 제한을 지키는 일이다. 의복과 음식에는 반드시
법식(法式)이 있고, 제사를 지내고 손님을 접대하는 일에도
반드시 법식이 있다. 법식을 지키는 것이 곧 절용의 근본이
다.

제사를 받들고 손님을 접대하는 것은 비록 사사로운 경우
라도 마땅히 일정한 법식이 있어야 하고, 잔약한 작은 고을
에서는 법식보다도 간소해야 한다.

안채에 공궤(供饋)하는 모든 물품은 다 예식(例式)을 정하
고 한 달 쓸 것을 매달 초하루에 보내게 한다.

공빈(公賓)[3]의 음식 대접도 또한 반드시 먼저 그 예식을 정
해둔다. 기일(期日)에 앞서서 물품을 준비하여 예리(禮吏)[4]
에게 주고, 비록 접대하고 남는 것이 있더라도 도로 찾지 말
아야 한다.

모든 아전이나 관노가 공급하는 것으로 회계에 포함되지

____

3) 공적(公的)으로 접대해야 할 손님.
4) 예방(禮房)에 소속된 아전.

196

않은 것은 더욱 절약해야 한다.

 천지가 만물을 생산하여 사람으로 하여금 소용에 따라 쓰게 했으니, 한 가지 물건이라도 버리는 것이 없게 한다면 재물을 선용(善用)한다고 말할 수 있는 것이다.

무명변(無命辯)

홍석주(洪奭周)

홍석주(洪奭周)

　호는 연천(淵泉), 본관은 풍산(豊山). 벼슬이 좌의정(左議政)에 올랐다. 사은정사(謝恩正使)로 연경(燕京)에 다녀와서 양관대제학(兩館大提學)이 되었다. 그의 저술은 문집 이외에도 20여 종의 산서(散書)가 있다. 그의 문집만 해도 44권 20책이란 거질(巨帙)을 이룬다. 공경대가(公卿大家)에 태어났고, 족척(族戚)이나 인척(姻戚)이 모두 훈문거족(薰門巨族)인데다 그 자신도 부귀영달을 한 몸에 누렸다고 할 수 있는데, 이와 같은 거질의 저술을 남긴 것은 특기할만한 일이다. 여기에 소개하는 〈무명변(無命辯)〉 상·하는 그의 철학사상에의 논급(論及)도 보이고 있어 매우 흥미롭게 읽을 수 있다.

무명변(無命辯)[1]

상(上)

  당연히 그렇게 되는 것은 의(義)이고, 아무도 그렇도록 하는 것이 없는데도 그렇게 되는 것은 명(命)이다. 성인(聖人)은 의(義)에 말미암는데, 명(命)이 그 가운데에 있고, 군자(君子)는 의로서 명에 순종하고, 중인(中人)[2] 이상은 명으로써 의를 단정하며, 중인 이하는 명을 알지도 못하고 그 의(義)도 잊어버리고 있다. 이 때문에 명을 알지 못하고서 의에 편안할 수 있는 자는 드물고, 의에 통달하지 못하고서 명에 편안할 수 있는 자는 없다. 그러나 명은 말을 하지 않을 때가

---

1) 이 논제(論題)는 명(命)이 없다는 것을 주장하여 논변(論辯)한 것이 아니라, 명이 없다는 무명(無命)의 주장에 대한 변론이다. 명은 운명·숙명과 같은 것을 뜻한다.
2) 중간 수준의 보통 인물을 말한 것.

있으나, 의는 어디를 가나 행하지 않을 수가 없다. 그런 까닭에 효(孝)로써 어버이를 섬기면서 그 명은 묻지 않고, 충(忠)으로써 임금을 섬기면서 그 명은 묻지 않고, 경(敬)으로써 자기 몸을 닦으면서 그 명은 묻지 않고, 근(勤)으로써 행실을 닦으면서 그 명은 묻지 않는다.

그러나 명은 말을 하지 않을 때가 있으나, 또한 때로는 말을 하지 않을 수 없다. 그러므로 궁색하고 영달(榮達)한 것은 명에 달려 있는 것이니 무리하게 구할 수는 없는 것이요, 죽고 사는 것은 명에 달려 있는 것이니 무리하게 도피할 수는 없는 것이요, 귀천(貴賤)은 명에 달려 있는 것이니 무리하게 영위할 수는 없는 것이요, 빈부(貧富)는 명에 달려 있는 것이니 무리하게 도모할 수는 없는 것이다.

대체로 명은 성현(聖賢)의 마음을 흔들리게 할 수 있는 것은 아니지만, 중인(中人)은 격려할 수는 있는 것이며, 떳떳한 일을 처리할 수 있는 것은 아니지만, 화복(禍福)은 단정할 수 있다. 그러니 명을 무리한 힘으로 어떻게 할 수 없다는 것을 안다면, 내가 그에 대해서 기교를 베풀 것이 없고, 명이 안배(按排)에서 나오는 것이 아닌 것을 안다면, 내가 그에 대해서 마음을 쓸 바가 없다.

대체로 어깨를 움츠리고 아첨하는 웃음을 짓고서 부귀를 취하는 자가 있는가 하면, 의(義)를 잡고 어려운 일을 실천하다가 몸이 죽어간 사람도 또한 있는 것이다. 그러나 때가 부귀에 이르면 도(道)를 지키는 자도 영달하지 않은 경우가 없었고, 운명은 사방에 직면하여 수치스러운 짓을 차마 해내는 자라 할지라도 반드시 보전하지는 못한다. 운명이 진실로 이와 같다면 마음대로 바꿀 수는 없는 것이다. 사람이 진실로 이 이치에 대하여 알기를 밝게 하고 이 이치에 대하여 믿기를 독실하게 한다면, 어느 누가 마음으로 애를 쓰면서 이익을 구하고, 수치를 무릅쓰면서까지 구차스럽게 더 살려고 하겠는가?

그런 까닭에 진실로 의(義)를 알지 못하면 명은 쓸모가 없으며, 진실로 의를 안다면 명이 세상의 가르침에 도움되는 것이 또한 클 것이다. 저 명이 없다는 설(說)이 생기면서부터 명을 믿지 않는 사람이 많아졌다. 이에 순박함이 없어지고 기지(機智)만이 번성하여, 천도(天道)는 허망한 것이 되고, 인사(人事)는 더럽혀져서, 봉록이나 구하고 이익이나 추종하며, 삶을 탐내고 죽음을 두려워하는 무리들이 불어나서 천하가 어지럽게 되었다. 이것이 이른바 명이 없다는 설의 해독이다. 오직 군자라야만 오로지 명(命)을 청종(聽從)하고, 오직 의(義)만을 따라야 할 것이다.

하(下)

명(命)은 알 수는 있지만 어떻게 해 볼 수는 없는 것이며, 명은 믿을 수는 있지만, 꼭 기필할 수는 없는 것이다.

알 수는 있지만 어떻게 해 볼 수는 없다는 것은 무엇을 의미하는 것인가? 무위(無爲)한 것은 천(天)이요, 유위(有爲)한 것은 인간이니, 명이란 것은 인간이 어떻게 해 볼 수 있는 것도 아니며, 또한 천(天)이 어떻게 해 볼 수 있는 것도 아니다. 기(氣)는 사세(事勢)와 합하고, 운(運)은 때로 이동하여, 시키는 것이 있는 듯하면서도 실은 아무것도 시키는 것이 없으

니, 억지로 이름을 지어 명이라 했을 뿐이다. 진실로 그 무엇
이 주재(主宰)가 있어 안배(按排)하고, 더하거나 덜하거나 하
면서 주었다 빼앗았다 하는 것이 아니다. 이것이 바로 어떻
게든지 해보려고 영위(營爲)하면서 사람에게 구하는 자가 망
령일 뿐만 아니라, 빌거나 푸닥거리를 하면서 하늘에 구하는
자도 또한 그 무익한 것을 많이 볼 수가 있다.

오늘날 저 무당과 소경들이 술법(術法)을 가지고 사람들을
현혹(眩惑)하며, 제물(祭物)을 팔게 하여 재주를 뽐내려 하
니, 이에 음사(淫祀)가 번성하여 귀신과 사람이 뒤섞이고, 부
적(符籍)과 주문(呪文)이 치열하게 되어 간악한 것이 불어나
고 있다. 혹 명(命)을 이어가게 할 수가 있고, 또 명을 더 늘
릴 수 있다고 하나, 대체로 명을 이어가게 할 수가 있고, 또
한 명을 더 늘릴 수 있다면 어떻게 그것을 명이라 할 수 있으
며, 어떻게 자연이라 할 수 있겠는가? 그런 까닭에 명이란 어
떻게 해 볼 수 없는 것이라고 말하는 것이다.

믿을 수는 있지만, 꼭 기필할 수는 없다는 것이란 무엇을
의미하는가? 기필할 수 있는 것은 이치[理]이고, 기필할 수
없는 것은 일[事]이다. 주(周)나라 무왕(武王)의 병은 운수가
하늘에 달려 있었던 것이요, 금등(金騰)3)의 글은 주공(周公)
이 그만둘 수 없었던 것이다. 주공의 도를 이미 행하지 못하
고, 진(陳)·채(蔡)의 액(厄)4)을 중니(仲尼)5)가 면하기를 구

---

3) 주공(周公)이 무왕(武王) 대신 자기를 하늘에 기도한 축문(祝文).
금등(金騰)이란 금속의 노끈으로 꿰맨 것. 이러한 상자에 간직해 두
었기 때문에 금등의 글이라고 한다.

하지 않은 것이다.

그런 까닭에 비록 반드시 흥륭(興隆)할 운(運)에 처할지라도 명군(明君)은 그 두려워하고 경계하는 것을 잊지 않고, 비록 반드시 멸망할 때를 당할지라도 충신은 반드시 그 힘을 다하는 것이다. 만일 명이 반드시 그렇게 되는 것을 알았다고 해서, 나의 의를 닦지 않는다면 태보(太保)[6]는 하늘에 기원(祈願)하는 말이 없었을 것이고, 소사(少師)[7]는 심장을 쪼개는 일을 당하는 절개가 없었을 것이니, 온 천하를 이끌고 세상을 크게 어지럽히는 것은 이 명이 없다고 하는 무명(無命)의 설(說)인 것이다.

그런 까닭에 성인(聖人)이 지(知)를 말함에는 곧 기미(幾微)를 아는 것이 신(神)과 같다고 말했을 뿐이고, 명(命)을 말하는 데는 내 몸을 닦고서 그것을 기다린다고 말했을 뿐이었으니, 그것은 항상 그 근원을 막은 것이다. 성인이 말하지 않는 것인데도 무당과 소경이 언제나 말하고, 성인이 알지 못하는 것인데도 무당과 소경이 혹 알아맞히기도 한다. 반드시 식례(式例)에 따라서 사생(死生)을 판결하고, 열흘 전에 부귀를 알아맞힌 뒤에라야 지자(知者)라고 말한다면, 이것은 관로(管輅)[8]가 원성(元聖)[9]보다 현명하고, 당거(唐擧)[10]가 선

---

4) 공자가 진(陳)·채(蔡)의 들에서 포위되어 설 땅이 끊기는 곤액(困厄)을 당했다.
5) 공자의 자(字).
6) 주(周)나라 소공(召公)을 말한다.《書經》〈소고(召誥)〉에 '祈王永命'이란 구절이 있다.
7) 은나라 삼인(三仁)의 한 사람인 비간(比干)을 말함.

니(宣尼)¹¹⁾보다 슬기롭다는 것이니, 어찌 어그러진 일이 아니겠는가? 까닭에 명은 기필할 수 없다고 말하는 것이다.

저 반첩여(斑婕妤)¹²⁾가 말하기를

"사생은 명에 있고 부귀는 하늘에 달려 있는 것이다. 올바른 일을 닦아도 오히려 복을 받지 못하는 경우가 있는데, 하물며 악한 일을 행하고서야 장차 무엇을 구하고자 할 것인가?"

했고, 제갈무후(諸葛武侯)¹³⁾도 또한 말하기를

"몸이 다하도록 일하여 죽은 뒤에야 그만둘 것이니, 성패(成敗)와 이롭고 불리함의 결과에 이르러서는 신(臣)이 알 수 있는 일이 아니옵니다"¹⁴⁾

했으니, 이것이 진실로 의(義)의 지극함이요 지(知)의 완성인 것이다. 그러니 하필 명(命)이란 없는 것이라고 말한 뒤에라야 속이 시원하겠는가?

---

8) 위(魏)의 점상(占相)으로 유명한 사람.
9) 주공(周公)을 가리킴.
10) 양(梁)의 관상가.
11) 공자를 말함.
12) 한(漢)나라 성제(成帝)의 후궁(後宮). 여류시인(女流詩人). 그의 시 중에 장신궁(長信宮)에서 지은 원가행(怨歌行)이 가장 유명함.
13) 무후(武侯)는 제갈량(諸葛亮)의 시호.
14) 여기에 인용된 문구는 제갈량의 후출사표(後出師表)에 있는 말.

창의격문(倡義檄文)

최익현(崔益鉉)

최익현(崔益鉉)

조선시대 말기의 학자이자 의병장(義兵將). 호는 면암(勉庵). 조선 말기의 거유(巨儒)로서 공조참판(工曹參判)을 지냈고, 뒤에 의정부 찬정(贊政)·경기도 관찰사의 임명을 받았으나 사퇴했다. 대원군의 실각과 관련하여, 군부(君父)를 논박한 죄로 제주도에 위리안치(圍籬安置)되었다가 다시 흑산도로 옮겨졌다. 그는 국내에 대소 사건이 있을 때마다 죽음을 무릅쓰고 상소하여 배일(排日)과 매국역신(賣國逆臣)의 토벌을 강력히 주장하여 여러 차례 체포·구금되었다. 을사조약이 체결되자 제자 임병찬(林秉瓚) 등 여러 사람과 의병을 모집하여 왜병과 싸우다가 체포되어 대마도(對馬島)에 유배되어 굶어 죽었다. 여기에 실린 〈창의격문〉은 이 의병을 일으킬 때 돌린 격문이다.

창의격문(倡義檄文)

아아! 난적(亂賊)의 변이 어느 시대인들 없었으리오마는 그 누가 오늘날의 역적과 같았으며, 오랑캐의 화가 어느 나라엔들 없었으리오마는 그 어느 것이 왜적과 같겠는가? 바로 의병을 일으켜야 할 것이요, 많은 말이 필요치 않다.

우리 조선은 기자(箕子)의 옛 나라요, 요(堯) 임금의 동쪽 번병(藩屛)이다. 우리 태조(太祖) 이래로 성왕(聖王)이 서로 계속해 나서, 공자(孔子)의 도를 숭상했고, 어진 신하가 차례로 일어나서, 임금은 임금답고 신하는 신하다워서 이륜(彝倫)을 두텁게 펴셨으며, 높은 이를 높이고, 귀한 이를 귀하게 여겨서 예의와 문물(文物)이 밝게 빛났다. 집집마다 인의(仁義)와 효제(孝悌)를 행하여 선비를 높이고 도를 중히 여기는 마음을 가지지 않은 자가 없었고, 신(信)으로 갑옷과 투구를 삼고 의(義)로 방패를 삼아 모두 윗사람을 친히 여기고, 어른을 향하여 죽을 뜻을 가졌다.

민속(民俗)은 태평하여 삼대(三代)의 융성할 때보다 못하

지 않았고, 문물(文物)은 빛나서 오랫동안 소화(小華)라고 일
컫는 아름다움이 있었다. 한번 사교(邪敎)가 중국에 들어오
게 되자 마침내 사해(四海)가 짐승의 냄새로 변하는 지경에
이르렀지만, 우리나라만은 동쪽 한 구석에 있어서 한 조각
땅이나마 청정(淸淨)함을 보존했으니, 박과불식(剝果不食)[1]
이라 하겠는데 그 누가 곤(坤)[2]의 얼음이 굳게 얼 줄을 알았
겠는가? 오직 머리 위에 하나의 상투가 남아 있어 홀로 천하
에 뭇 화살의 과녁이 되었다.

아아! 저 도적 일본은 실로 우리 백대(百代)의 원수이다.
임진년(壬辰年)의 난리에 있었던 이릉(二陵)의 화[3]는 차마 말
할 수가 없고, 병자년의 수호조약(修好條約)은 한갓 외이(外
夷)가 우리를 엿보는 것을 인도했을 뿐이다. 맹세한 피가 아
직 마르기도 전에 협박이 먼저 이르러, 우리의 대궐을 함부
로 드나들고, 도망간 무리들을 돌봐주었으며, 우리의 윤상
(倫常)을 무너뜨리고 우리의 관면(冠冕)을 찢어버렸으며, 우
리의 국모(國母)를 시해하고, 우리 천왕(天王)의 머리를 강제
로 깎았으며, 우리 대관(大官)들을 노예로 만들었고, 우리 백
성들을 어육(魚肉)으로 만들었다. 또 우리의 무덤과 집을 파

---

1) 전 세계가 모두 오랑캐로 변했는데, 우리나라만이 중국의 도를
지켜 선왕의 의관과 문물을 지킨다는 뜻.
2) 서리를 밟으면 점점 굳어져서 얼음이 되듯이 조그만 악이 점점
확대된다는 것을 말함.
3) 임진왜란 때 왜적들이 성종(成宗)과 정현왕후(貞顯王后) 윤씨(尹
氏)의 묘인 선릉(宣陵)과 중종(中宗)의 능인 정릉(靖陵)을 파헤친 사
건.

헤치고, 우리의 토지를 빼앗아 우리 민생(民生)의 자원(資源)에 관계되는 것이면 무엇이든 저들의 손아귀에 들어가지 않은 것이 없는데도 오히려 부족하게 생각하여 갈수록 더욱 탐욕을 부린다.

아아! 지난 10월의 소행은 실로 만고(萬古)에 없었던 일이다. 하룻밤 사이에 종이쪽에 강제로 도장을 찍게 하여, 5백년 종사(宗社)가 마침내 망하고 말았으니, 이 때문에 천지의 신명(神明)도 놀랐을 것이요, 조종(祖宗)의 신령도 통곡했을 것이다. 우리나라를 통째로 원수에게 내준 이지용(李址鎔)은 실로 우리 만대의 원수요, 제 임금을 죽이고 남의 임금을 범한 이등박문(伊藤博文)이란 놈은 마땅히 천하의 열국(列國)이 함께 토벌해야 한다. 세신(世臣)과 교목(喬木)에게는 바로 자방(子房)이 원수를 갚던 때이며[4] 왕실의 지친(至親)들은 어찌 북지주(北地主)의 성을 등지고 싸우자는 의리를 생각하지 않겠는가?[5] 수실(秀實)의 홀(笏)은 주자(朱泚)의 얼굴을 때려야 하고, 안고경(顔杲卿)의 붉은 도포는 어찌 안록산(安

---

4) 교목세신(喬木世臣)이란 여러 대를 중요한 지위에 있어서, 휴척(休戚)을 나라와 함께 하는 신하. 자방(子房 : 張良)은 처음에는 한(韓)나라 사람으로서, 아버지와 할아버지가 모두 한(韓)나라에 5대에 걸쳐 정승을 지낸 세족(世族)이엇다. 진(秦)나라가 한(韓)을 멸하자 자방(子房)은 나이가 젊어 아직 벼슬하지 않았지만 한을 위하여 원수를 갚으려고 자객(刺客)을 시켜 진시황(秦始皇)을 박랑사(博浪沙)에서 습격했다.
5) 왕실의 종친들은 끝까지 싸울 것을 생각해야 한다는 뜻. 북지왕(北地王)은 촉한(蜀漢)의 후주(後主)인 유선(劉禪)의 아들 유심(劉諶). 후주가 위(魏)에 패하여 항복하려 하자, 유심은 "마땅히 군신(君臣)이 성을 등지고 싸워야 한다"고 했다.

祿山)이 준 것을 영화롭게 여겼겠는가?[6] 변을 당한 지 이미 여러 달이 되었는데도, 토벌하는 사람이 하나도 없으니, 임금이 망하는데 신하가 어찌 살아 있으며, 나라가 망하는데 백성이 어찌 홀로 보존할 수 있겠는가?

아아! 슬프다. 저 당(堂) 위의 제비와 솥 안의 물고기처럼 다같이 죽게 되었는데, 어찌 한번 결전(決戰)하지 않겠는가? 또 살아서 원수의 노예가 되는 것보다는 죽어서 충의(忠義)의 혼(魂)이 되는 것이 어찌 낫지 않겠는가?

나 익현은 나이가 많고 병이 깊으며, 재주도 없고 힘도 부족하여 조그마한 충성도 바치지 못하고 비록 귀양갔던 부끄러움이 있으나 실낱만한 목숨이 아직 남아 있으니 복수할 뜻을 버릴 수가 없다. 비록 그러나 큰 집이 무너지는데 나무 하나가 어찌 지탱할 수 있으며, 맹진(孟津)[7]의 물이 넘치는데 한 줌 흙으로 막을 수 있으랴? 저자에 들어가 오른팔을 걷어 올리면 반드시 왕손(王孫)을 따르는 사람이 있을 것이며 군사를 일으켜 서쪽으로 쳐들어가면 누가 감히 적의(翟義)를 공격하겠는가?[8]

모든 우리 종실(宗室) · 대신(大臣) · 공경(公卿) · 문무(文

---

6) 당(唐)나라 덕종(德宗) 때 주자가 모반하려고 단수실(段秀實)을 데려다가 천자가 되어달라고 청했다. 이때 수실은 화를 내고 일어나 그의 상아(象牙)로 만든 홀을 빼앗아 주자를 쳤다.
7) 무왕이 주(紂)를 칠 때 제후(諸侯)들과 회맹(會盟)하던 곳. 큰 나루.
8) 한(漢)나라 왕망(王莽)이 난을 일으켰을 때, 동군태수(東郡太守) 적의(翟義)는 의병을 일으켜 장안으로 쳐들어갔다.

武) 관원 · 사농공상(士農工商) · 서리(署吏) · 하인(下人)들은 우리의 창과 방패를 수선하고, 심력(心力)을 한결같이 해서 역적의 무리를 섬멸하여, 놈들의 고기를 먹고 가죽을 깔고 자며, 저 원수 오랑캐를 무찔러 그 종자를 멸하고 그 소굴을 소탕하여, 무엇이든지 복구하여 국세(國勢)를 반석 위에 올려놓고 위험을 안정으로 바꾸어 백성을 도탄에서 구해야 한다. 오직 믿는 것은 군사를 일으키는 명분이 정대하니, 적의 강한 것을 두려워하지 말라. 이것으로 감히 두루 고하노니, 성공하도록 함께 힘쓰라.

청토오적소(請討五賊疏)

최익현(崔益鉉)

청토오적소(請討五賊疏)

삼가 아룁니다. 아아! 슬프다. 나라를 망치는 도적이 어느 시대인들 없으리오마는, 어찌 금번 외국과의 조약에 함부로 도장을 찍은 외부 대신 박제순(朴齊純) · 내부 대신 이지용(李址鎔) · 군부 대신 이근택(李根澤) · 학부 대신 이완용(李完用) · 농상공부 대신 권중현(權重顯) 같은 자가 있겠습니까?

당초에 일본 사자(使者)가 이 새 조약을 만들기 위해서 왔을 때, 우리 정부에서 알지 못했을 리가 없습니다. 이미 알고도 온 나라에 통고해서 민중에게 필사(必死)의 의리를 보이지는 못하고, 이에 회의 자리를 사람들이 모를 한밤중에 열었으니, 그들의 행동을 보면 나라를 팔아먹는 일이 이미 7, 8분에 이루어진 것입니다. 폐하께서 회의석에 친림(親臨)하시어 비록 협박을 당했더라도, 능히 천위(天威)를 진동하심을 마치 손권(孫權)이 책상을 치듯이[1] 하시고, 참정(參政)과 여러 대신이 능히 죽음으로써 통척(痛斥)함을 선정(先正) 김상

헌(金尙憲)이 조약문을 찢어버리고 "목이 떨어져도 조약은 할 수 없다"고 한 것과 같이 거절했다면, 그들이 비록 병력으로 협박을 한다 해도 저들이 우리를 어떻게 하겠습니까?

또한 하물며 각국 사관(史官)의 이목이 곁에서 지켜보고, 우리나라 인사들이 궐기(蹶起)함이 있으니, 저들이 또 어찌 다 죽일 수야 있겠습니까? 설사 그들이 포악함을 버리지 않고, 감히 대포로써 달려든다고 하더라도 머리를 굽히고 치욕을 당하면서 망하기보다는, 어찌 한 번 기력을 분발하여 부자(父子)와 군신(君臣)이 성을 등지고 한 번 싸워서 국가를 위해서 같이 죽기를 북지왕(北地王) 심(諶)[2]의 말과 같이 못하겠습니까?

돌이켜보건대, 먼저 계획도 정하지 않고 겁에 질려 떨기만 했으니, 비록 폐하의 윤허가 없어도 마침내는 나약하고 졸렬한 태도를 면치 못했을 것이고, 비록 참정이 굳게 거절한다 해도 겨우 가(可)자만 쓰지 않았을 뿐이었으므로 이것이 결국 왜적이 감히 협박을 한 까닭이고, 박제순 등 역적들이 감히 임의로 허락한 이유입니다.

그리고 박제순 이하 여러 역적은 본래 외적의 앞잡이로서

---

1) 삼국 때 토로장군(討虜將軍)을 지낸 손권이 조조를 치기를 의논할 때에, 사람들이 모두 조조의 위세를 두려워하여 그를 맞자고 청하자, 손권이 칼을 뽑아 책상을 찍으면서, "다시 이런 말을 하는 자는 이 책상과 같이 될 것이다" 했다.
2) 북지왕은 촉(蜀)의 후주(後主) 유선의 아들 심(諶). 촉이 위(魏)에 항복할 때, "부자, 군신이 성을 등지고 한 번 싸우다가 죽을지언정 어찌 항복한단 말이냐?" 했다.

매국을 예사로 알아 기탄함이 없이 하면서 조금도 부끄러운 줄을 모르니, 진실로 능지 처참을 해도 오히려 그 죄가 남을 것입니다. 한규설(韓圭卨)로 말하면 정부의 장관이 되어서, 일의 시초도 생각하지 못했고 또한 그 부하도 바로잡지 못했으니 어찌 그 직무를 감당치 못한 죄를 면하오리까?

또 왜놈들은 자기들이 조금 강한 것을 믿고 의기가 양양하여 이웃 나라를 위협해서 원망 사는 것을 능사로 삼고 맹약 폐기하는 것을 장기(長技)로 여겨 국교(國交)하는 대의(大義)도 생각하지 않고 각국의 공론(公論)도 돌아보지 않고, 오직 남의 나라를 빼앗으려는 욕심만 부려 거리낌이 없으니, 세상에 만일 제환공(齊桓公)·진문공(晉文公)[3] 같은 임금이 있다면 이같은 자를 어찌 내버려두고 죽이지 않겠습니까?

그러하오나 이것은 일조 일석에 된 것이 아니옵고, 그들이 여러 해 계획을 쌓아서 만든 것인즉, 그 형세가 다만 이에 그칠 뿐만은 아닐 것입니다. 그들이 마관조약(馬關條約)[4]에서 러·일 전쟁을 한 이후로 대체로 우리의 독립과 영토를 보전한다고 말한 것이 몇 번이었고, 우리나라의 이익을 빼앗는 데는 번번이 한일(韓日) 두 나라의 교의(交誼)를 더욱 두텁게 해야 한다고 말한 것도 몇 번이었습니까? 그 우롱하고 속임을 예측할 수 없는 것이 이와 같습니다. 그들이 소위 황실을 보호한다는 것을 폐하께서는 참말로 믿으십니까? 아직까지

---

3) 모두 춘추시대 오패(五覇) 중에서 가장 강한 사람들.
4) 1895년에 청일전쟁의 결과 청·일간에 마관(馬關 : 下關)에서 체결된 조약.

오히려 임금의 지위가 바뀌지 않았고, 백성도 망하지 않았으며 각국 공사도 아직 돌아가지 않았는데, 계약서는 다행히 폐하의 허락과 참정의 인가(認可)에서 나온 것이 아니니, 저들이 가진 것은 역적들이 억지로 만든 헛된 문서에 불과한 것이옵니다.

하오니 빨리 박제순 이하 다섯 역적의 목을 베어 매국한 죄를 바로잡고, 외무부의 관리로 하여금 일본 공사관에 빨리 조회해서 맹약을 강요한 거짓된 문서를 없애도록 하고, 또한 급히 각국의 공사관에 통보해서 모두 모여 담판하여 일본이 강세를 믿고, 약한 나라를 위협한 죄를 성토해야 할 것입니다.

이렇게 해서 폐하의 심사와 인민의 소원을 천하 각국에 널리 알게 하여 천하 각국 사람들로 하여금 우리 임금과 백성의 본심을 알게만 하면, 분발하여 궐기하는 공이 망할 것을 되돌리게 하고 죽을 것을 살리게 할 수 있을 것입니다. 지금 만일 그대로 겁내서 움츠리고만 있다면, 겁내는 자는 망하는 길뿐입니다. 이제 이미 망했으니 다시 무엇을 두려워하고 꺼릴 것이 있겠습니까? 가령 이로 인해서 그들의 미움을 더 사게 된다면, 폐하께서는 명(明)나라 의종(毅宗)의 순국(殉國)한 대의(大義)⁵⁾를 듣지 못하셨습니까? 또 폐하께서는 박제순 이하 여러 역적들의 죄를 어떻게 보십니까? 을미년(乙未年)의 명성황후(明成皇后)의 시해(弑害)는 진실로 만고(萬古)의 대역(大逆)이었습니다. 이 다섯 역적들은 그 죄가 도리어 아

---

5) 의종은 명나라의 마지막 황제로 이자성(李自成)의 난에 만세산(萬歲山)에서 자결했다.

비와 임금을 해한 것보다 더한 것입니다.

그런데도 지금 이 대역적들을 오히려 모두 용서해서 천지 간에 살게 하셨습니다. 그들이 비록 외세를 빌려 임금을 위협하고 있으나 그들도 또한 우리의 신자(臣子)들입니다. 그렇다면 폐하께서는 어찌 차마 놈들과 같은 하늘 밑에서 살면서 아직까지 처분을 내리지 못하십니까? 지금 만일 한 번 호령을 내리신다면 만백성의 다 같은 원수라는 뜻으로써 사법관의 처형을 기다리기도 전에 역적들의 시체를 길거리에서 불태울 것입니다.

신(臣)은 금년 봄에 고난을 당한 후로 부끄럽고 분해서 죽고 싶었으며, 가을에 이르러서는 전부터 있던 병이 더해서 숨이 끊어질 듯이 지금까지 지내왔습니다. 그러던 중에 갑자기 망극한 소식을 듣고서는 넋을 잃고 담이 떨어져서 일어서다가 쓰러지니, 다시는 조정에 나가서 대의(大義)의 소원을 다 말씀드릴 수 없사옵기로, 감히 정신을 모아 피맺힌 정성을 바치옵고 북쪽을 바라보니 눈물만 비오듯 흐르나이다.

엎드려 비옵건대 폐하께서는 죽어가는 신의 말을 버리지 마시고 "국적(國賊)을 토죄(討罪)하고 거짓 만들어진 조약을 돌려받으라"는 신의 청을 빨리 행하시어, 망한 나라로 하여금 다시 보존되게 하시옵소서. 신은 통곡하여 죽고 싶은 심정을 견디지 못하여 삼가 죽음을 무릅쓰고 아뢰나이다.

차군헌기(此君軒記)

김매순(金邁淳)

김매순(金邁淳)

자는 덕수(德叟), 호는 대산(臺山), 또는 풍서주인(風棲主人). 김창흡(金昌翕)의 4대손. 문과에 급제하여 예조참판(禮曹參判)·강화유수(江華留守) 등을 역임했다. 그는 특히 학문과 덕행으로 유명했다. 시문집(詩文集)인《대산집(臺山集)》20권이 출판되었는데, 그 중 〈궐여산필(闕餘散筆)〉은 저자가《경사자집(經史子集)》등 내외의 군서(群書)를 열독(閱讀)한 뒤에, 전배(前輩)에게 견문한 내용 및 의궐(疑闕)을 채록하여, 이를 휘분(彙分), 논변(論辯)한 것이다.

차군헌기 〈此君軒記〉[1]

대나무〔竹〕는 식물의 하나로 감정도 없고, 작용도 하지 못하며, 땅에서 생명을 받아 가지가 뻗고 잎이 붙어 있어 뭇 초목과 다른 것이 없다. 그러나 《시경》에 읊었고, 《예기》에 기록되어 있어서, 현명하거나 어리석거나, 귀한 사람이거나 천한 사람이거나 모두 애호할 줄 알아, 수천 년을 지나면서도 싫증을 느끼지 않으니, 이 어찌 서리와 눈에도 이기고, 네 계절을 통하여 우뚝 서서 굽히지 않는 것이 마치 군자의 덕과 같기 때문에 그런 것이 아니겠는가?

《시경》〈소아(小雅)〉 거할(車轄)에,

---

1) 《晉書》 왕휘지전(王徽之傳)에, "일찍이 빈 집을 빌려 기거한 적이 있었는데, 거기에 대나무를 심게 했다. 어떤 사람이 그 까닭을 묻자, 다만 대나무를 가리켜 읊기를, "어찌 하루라도 이〔此〕 군(君)이 없을 수 있겠는가? 했다." 대나무를 군(君)이라고 부른 것은 벗으로 여겼기 때문이다.

높은 산을 우러러보며, 큰 길 따라 달려가네.

高山仰止　景行行止

하였으니, 비록 여기에는 이르지 못하지만, 마음이 향해 가
는 것이 바로 백성들의 떳떳하게 타고난 천성인 것이다.

옛날에 채백개(蔡伯喈)[2]가 죽자, 공북해(孔北海)[3]가 호분
(虎賁)의 군사를 데려다가 함께 앉아서 말하기를

"비록 노성인(老成人)은 없지만, 그 전형(典刑)은 아직도 있
다"

했으니, 백개는 한 문인이요, 호분은 다만 채백개와 모양이
비슷했을 뿐인데도 이러했는데, 하물며 군자(君子)로서 문인
이 되지 않더라도 덕성(德性)이 형상에 드러나는 것에 있어
서랴?

대나무가 사람에게 사랑을 받는 것은 진실로 마땅한 일이
다. 그리고 천하의 사물(事物)은 그 진실보다 더 귀중한 것이
있다. 그 진실을 사랑하고 남음이 있은 후에 다시 그 비슷한
것에 미루어 나가는 것은 본말(本末)의 순서가 그러한 것이
다. 그러나 삼대(三代) 이후로 군사가 때를 만나 현달(顯達)
한 것은 역대에 드문 일이지만, 대나무에 대한 사랑은 일찍

---

2) 백개는 채옹(蔡邕)의 자(字). 후한 사람으로 시부(詩賦)에 능했다.
3) 북해는 공융(孔融)을 말함. 북해상이 되었으므로 이렇게 불렀다.
태중대부(太中大夫)에 이르렀고, 젊어서 준재(俊才)로 손꼽혔다.

이 하루도 변한 적이 없어서, 수레도 옮기고 배로 운반해다가 잘 심어서 정원의 관경(觀景)을 다채롭게 한 것이 많으니, 이는 또 어찌해서 그런 것인가?

《장자(莊子)》에 이르기를,

"큰 대장장이가 금속을 주조(鑄造)하는데, 금속이 튀면서 말하기를, '나는 반드시 막야(莫邪)가 될 것이다' 하면, 대장장이는 반드시 상서롭지 못한 일이라 한다"

했다.

그렇다면 대나무가 사랑을 온전히 받을 수 있는 것은, 감정이 없고 작용이 없는 까닭이다. 만일 뚜렷한 지각이 있어서 우뚝하게 스스로 요염한 꽃과 허랑한 풀들과는 다르다고 뽐낸다면, 그것을 꺾고 뽑고 자르지 않을 사람이 적을 것인데, 하물며 만사(萬事)를 주지(周知)하고 몸소 백 가지의 사변을 겪어서, 아름다우니 더러우니, 좋으니 싫으니하여, 서로 한 쪽을 원망하는 자들은 그 화를 당한 것을 어찌 이루 다 말할 수 있을 것인가? 꼿꼿하면서도 빛나지 않고, 곧으면서도 스스로 자랑하지 않아 군자의 지조는 있지만, 군자의 액운이 없는 것은, 허(虛)하기를 지극하게 하고, 고요한 것을 지키는 자가 아니면 능히 될 수 없는 것이니, 대나무의 덕이 거의 이에 가까울 것이다.

이 뜻은 주하사(柱下史)[4]를 종주로 하여 진(晉)나라의 명사

---

4) 노자(老子)를 말함.

(名士)들이 꽤 많이 허(虛)와 정(靜)을 말했으니, 비록 우리 유학(儒學)의 정종(正宗)은 아니지만, 군자로서 어지러운 세상에 처한 사람이면 간혹 취할 바가 있는 것이다.

낭주(朗州)의 현도원(玄道源)의 집은 1만 그루의 대나무 가운데에 있는데, 그 집 이름을 차군헌(此君軒)이라 하고, 나에게 기문(記文)을 쓰라고 부탁한다. 나는 글을 짓지 않은 지가 오래이고, 또 이름을 가지고 남의 집 벽을 가리는 것이 싫지만, 다만 도원(道源)의 선대(先代)에 죽림(竹林)을 가지고 정자의 이름을 지은 이가 있었는데, 우리 선조 문충공(文忠公)이 남쪽으로 귀양갔을 때 일찍이 기문을 지었었다. 도원이 대나무를 사랑하는 것은 진실로 그의 가학(家學)이다. 그 진위(眞僞)와 본말(本末)을 구별하는데, 일찍이 강구한 바가 있을 것인데, 그 이름을 짓는 데에도 모두 진(晉)나라 사람들의 말을 취하여 쓰니, 이것이 내가 느낀 바가 있어서 끝내 점잖이 있지 못하는 까닭인 것이다.

유학경위서(儒學經緯書)

김택영(金澤榮)

김택영(金澤榮)

  자는 우림(于霖), 호는 창강(滄江). 소호당주인(韶濩堂主人)이라고도 했다. 개성(開城) 사람이다. 42세에 간신히 성균진사(成均進士)가 되었는데, 그는 과시(科試) 공부에 힘쓰지 않고, 고문(古文)과 시작(詩作)에 몰두했다. 일찍이 20대의 젊은 시절에 탁월한 문학적인 재능을 발휘해서, 영재(寧齋) 이건창(李建昌)의 사사를 받았다. 이로부터 영재의 추천으로 서울의 양반사회에 그의 문명(文名)이 알려지게 되었다. 갑오개혁(甲午改革) 이후 비로소 편사국(編史局)의 주사(主事)가 되고, 그 후 한동안 서울에서 편사(編史) 내지 편찬(編纂) 관계를 담당하였는데, 그가 관여한 것으로는 《증보문헌비고(增補文獻備考)》가 손꼽히고 《역사집약(歷史輯略)》과 《연암집(燕巖集)》 등을 편집해 내기도 했다.

유학경위서(儒學經緯書)

옛 성인은 생각을 하고 나서 말을 세웠다는 것을 알 수 있
다. 마땅히 생각할 것은 생각하고, 생각할 필요가 없는 것은
생각하지 않으며, 마땅히 말할 것은 말을 하고, 말할 필요가
없는 것은 말하지 않는 것이다. 오직 생각하고 말하는 데 있
어서 가장 간단한 것으로써, 천하의 가장 번잡한 것을 다 제
어하고, 가장 쉬운 것으로써 천하의 가장 어려운 것을 다 제
어한다면, 간단하고 쉬운 것만 하더라도 천하의 할 일이 다
되는 것이다. 무슨 까닭이냐 하면 마음에 잡은 것이 하나의
원리이기 때문이다.

세대가 한 번씩 내려올수록 인사(人事)는 점점 자잘해지
고, 인지(人智)는 점점 천착하게 되었다. 이에 마음을 다 기
울여 생각하여, 성인이 생각하지 않은 것까지 생각하고, 말
을 다해서 성인이 말하지 않은 것까지 말을 하여, 바야흐로
재능을 다하고 기이한 것을 다하며, 깊은 곳까지 찾고 먼 데
까지 치달아서 그 조목과 명호(名號)가 십백(十百)이나 천만

(千萬) 가지뿐이 아니다. 보는 사람들이 흔히 깜짝 놀라고 현혹되어 본래 지키던 바를 잃어버리고 문득 말하기를,

"성인(聖人)도 또한 일찍이 이런 것을 할 수 있는가 없는가?"

한다.

그렇다면 알지 못하거니와, 저 십백 혹은 천만 가지가 모두 하나에서 나오지 않은 것이 있겠는가? 이미 하나의 원리에서 나온다면, 이른바 성인이 생각하지 않은 것도 어찌 환하게 생각한 것이 아니며, 성인이 말하지 않은 것도 어찌 따라서 말한 것이 아니겠는가?

학부대신(學部大臣) 양원 신공(陽園申公)[1]이 전에 해도(海島)로 귀양을 갔을 때 지은, 유학경위라는 책을 발간하려 하면서 나에게 한 마디 서문(序文)을 청한다. 이 책은 모두 5부(部)로 나뉘어 있는데, 제1부는 이기(理氣), 제2부는 천지 형체(天地形體), 제3부는 인도(人道), 제4부는 학술(學術), 제5부는 우주 술찬(宇宙述贊)으로 되어 있다.

그 안에 노불(老佛)과 육왕학(陸王學) 등의 취지가 다른 것, 서양인들의 추측의 기이함, 역대(歷代) 정령(政令)의 변천 및 오대주(五大洲)의 서로 다른 풍속에 이르기까지 모두 그 시비를 분간하고, 장단(長短)을 살피고, 어둡고 밝은 것을 드러내어 지극히 중요한 데에 절충하고 전체에 보이게 하여, 배우는 자들로 하여금 분명하게 후세의 도술(道術)과 인사의 변화가 비록 천 가닥 만 가닥으로 단서(端緖)가 많아도, 성인

---

1) 양원은 신기선(申箕善)의 호.

232

의 일관(一貫)[2]의 원리에서 벗어날 수 없다는 것을 알게 한 것이 나의 논지(論旨)와 비슷한 것이 있어서, 감탄한 나머지 끝내 사양하지 못했다.

신공이 북으로부터 돌아온 이후로 정국이 많이 변해서 술찬 같은 편은 보충할 것이 한두 곳이 아니다. 그러나 돌아보건대 신공은 지금 다사(多事)한 분이어서 그럴 겨를이 없다. 함께 써서 보는 분들에게 알리는 바이다.

---

2) 공자가 제자인 증자(曾子)와 자공(子貢)에게 말하기를 "나의 도(道)는 하나로 관통되었다(吾道一以貫之)" 했다.

시무서(時務書)

이상재(李商在)

이상재(李商在)

　자는 계호(季浩), 호는 월남(月南). 박정양(朴定陽)이 초대 주미공사 (駐美公使)가 되자 1등 서기관으로 수행했고, 갑오경장(甲午更張) 후 우부승지(右副承旨)를 거쳐 학무아문 참의(學務衙門參議)로 학무국장 (學務局長)을 겸임했다. 다시 의정부 총무국장(議政府 總務局長)이 되 어 서재필(徐載弼)과 함께 독립협회를 조직하여 그 부회장이 되고, 만 민공동회(萬民共同會)를 사퇴했다. 독립협회 사건으로 경무청에 체포 되었다가 석방되어 다시 개혁당(改革黨) 사건으로 다시 복역중 기독교 신자가 되었다. 석방되어 황성기독청년회(皇城基督靑年會) 총무 및 교 육부장을 겸임하여 종교운동과 청년운동에 투신했다. 3·1운동 때 구 금되었다가 풀려나서 조선교육협회(朝鮮敎育協會) 회장이 되고, 후에 신간회(新幹會)의 회장이 되었으며, 조선일보 사장에 취임하기도 했 다. 이와 같이 그는 우리나라 근대사(近代史)에 떠올라 역사적 인물이 되고 민족지도자로 국민의 신망을 한 몸에 모은 사람이다.

시무서(時務書)

　대체로 사람이란, 나면 나고 죽으면 죽는 것인데, 만일 그 살이나 뼈를 속박(束縛)당하고 그 손과 발이 묶여서 몸 움직이는 것을 자유롭게 하지 못한다면, 이는 나지도 않고 죽지도 않는 것이다. 그 살아서 괴로움을 받는 것은 차라리 한 번 흔쾌히 죽는 것만도 못한 것이다.

　국가에 있어서도 또한 그러하다. 존재하면 존재하고 없어질 것이지, 만일 그 정령을 옳게 행하지 못하고 그 형법을 바르게 쓰지 못하여, 모든 행동에 자주(自主)를 얻지 못한다면 이것은 존재한 것도 아니요 없어진 것도 같아서, 그 존재해 있는 치욕(恥辱)이 도리어 아주 없어진 것만도 못한 것이다.

　아아! 지금 우리 한국의 시국(時局) 형편은 나라가 존재해 있는 것인가? 없어진 것인가? 백성은 살아 있는 것인가? 죽은 것인가? 군제(軍制)의 미비(未備)한 것이나 재정(財政)이 정리되지 못한 것, 그 밖의 허다한 탐학(貪虐)과 허다한 고질(痼疾)이 이루 셀 수 없이 많으니, 반드시 옳은 사람이 있기를 기다린 뒤의 일로서 진실로 지체할 수 없는 일이다. 그런데 사람을 쓰는 데는 전형(銓衡)이 공평하지 못해서 어질고 못난 사람의 진퇴(進退)가 올바른 것을 잃고, 형벌하고 상주는 것은 어지러워서 착한 사람과 악한 사람을 구별하는 것이 서로 반대되고 있다. 이리하여 안으로는 민생(民生)이 가학(苛虐)함을 견디지 못하여 처음에는 울부짖다가 끝에 가서는 폭동(暴動)을 일으키고, 밖으로는 우방(友邦)들이 차마 앉아서 볼 수가 없어, 처음에는 권고(勸告)하다가 끝에 가서는 위압(威壓)하게 되니 이러하고서도 오히려 뉘우치고 깨닫지 못하는 것은 무슨 까닭인가?

상천(上天)은 지극히 어질어서, 사는 것은 좋아하고 죽는 것은 미워하며, 존재하는 것은 좋아하고 없어지는 것은 미워하는데, 특히 우리 한국에 대해서는 편벽되이 더 보살피고 도와주어 때로 경계하여 깨닫고 고치도록 했다. 임오년(壬午年) 군병(軍兵)의 난(亂)과 갑신(甲申)년 궁중의 변은 어느 것이나 경계를 보여준 것이 아니겠는가? 갑오(甲午)년에 이르러 동비(東匪)의 폭동이 일어나서 일·청(日淸)의 전쟁이 일어나게 되었으니 이 또한 경고(警告)의 큰 것이었다. 그런데도 오히려 그 죄를 용서하고 그 착한 일을 전해서 특별히 회개(悔改)의 앞길을 열어주었으니 청나라의 무거운 멍에가 있더라도 그 하늘을 받드는 도리에 마땅히 급히 고쳤어야 할 것이다. 그런데도 을미(乙未)에 드물게 보는 큰 변고가 있었으니 어찌 두려운 일이 아니겠는가?

매양 한 번 경고만 있어도 문득 고쳤어야 할 것인데, 한갓 거죽의 일만 일삼고 실지의 일을 실천하지 않아, 며칠이 지나지 않아 다시 전철(前轍)을 밟으면서 도리어 더 심한 바가 있다. 오늘날 일·로(日露)가 틈이 벌어진 것은 무엇 때문에 생긴 일인가. 우리 한국의 존망(存亡)도 또한 거기에 관계가 없다고 할 수 없다. 그러니 마땅히 백 배나 경계하고 두려워 하여 마음을 깨끗이 하고 창자를 씻고서 밤낮으로 호읍(號泣)하여 조금도 감히 게으르지 말아야 할 것이다. 그런데 가만히 요새 정계(政界)를 보건대 고식적(姑息的)으로 때를 놓치고, 앉아서 일본이 충고(忠告)해 주기만 기다리는 자도 있고, 멀리 아라사〔露國〕 군사가 갑자기 몰래 오기를 바라는 자도 있으며, 또 간사한 무리와 인연을 맺어 버젓이 밖의 정세를 탐지하고, 비밀히 안의 기밀을 누설해서, 거짓 외적을 배격한다 핑계하고 실지로는 권리와 임금의 사랑을 도모하는 자도 있다. 이와 같이 천 가지 묘사한 것과 만 가지 괴상한 것이 뱀처럼 서리고 지렁이처럼 둥글어서 붕당(朋黨)을 만들어 하지 못하는 짓이 없이 하고 있으니 이러한 때에 탁란(濁亂)한 것은 국정(國政)이요, 손실되는 것은 국권(國權)이니 나라가 장차 무엇을 믿고 망하지 않겠는가? 장차 일찍이 임오(壬午)·갑신(甲申)·갑오(甲午)의 거의 망했다가 다시 살아난 예(例)가 있었다고 해서 감히 상천(上天)의 은혜로운 용서를 믿을 것인가?

한 번 경계해서 듣지 않으면 책망하고, 책망해서도 듣지 않으면 매를 때리고, 매를 때려도 또 듣지 않으면 형벌을 주는 것은 곧 하늘과 사람의 일에 마땅한 공변된 이치인 것이다. 지나간 일은 이미 끝났으니, 진실로 지금에 와서 뉘우치고 고쳐도 소용없거니와, 성심으로 공경하고 두려워서 감히 상천이 두 번 다시 용서해 주기를 바랄 수도 없는 것이다.

대체로 국가는 백성으로 인해서 이루어지는 것이니, 백성이 능히 살지 못하면 국가가 능히 보존하지 못하는 것이다. 국가가 자주(自主)하려면 마땅히 이 백성의 자유를 힘써야 하는 것이니, 자유라고 하는 것은 무엇을 말하는가? 그 속박(束縛)과 질곡(桎梏)[1]을 풀어 주는 것이다. 어떻게 해야 풀어 주는가? 정치와 형벌을 마땅히 공평하게 하도록 힘써야 하는 것이다. 정치와 형벌을 어떻게 하면 공평하게 하는가? 두세 사람의 권세가(權勢家)나 두세 사람의 간사한 무리로 하여금 맘대로 휘두르게 하지 말고, 나라 안 사람이 모두 옳다고 하거나 모두 옳지 못하다고 한 뒤에 취사(取捨)해야 하는 것이니, 현재 문명(文明)한 각국의 이른바 헌법이 곧 이것인 것이다. 진실로 이와 같이 하면 정치와 형법을 아무도 제 맘대로 하지 못하고 스스로 공평하게 되어서 백성도 자유롭고 국가도 자주(自主)할 수 있을 것이니, 나라 안의 근심이나 밖에서 업신여기는 것을 무엇을 근심하겠는가?

사람이 살지도 못하고 죽지도 못하는 것은, 스스로 죽음을 겪은 뒤에 사는 것이요, 국가가 존재하는 것도 같고 망하는 것도 같이 스스로 망함을 겪은 뒤에 존재하는 것이다. 종묘사직(宗廟社稷)과 생령(生靈)의 복이 오로지 여기에 있는 것이니, 그래야만 가히 상천(上天)의 노염과 꾸지람에 답할 수 있을 것이다.

---

1) 자유를 속박하는 일.

치도약론(治道略論)

김옥균(金玉均)

김옥균(金玉均)

  자는 백온(伯溫), 호는 고우(古愚), 뒤에 고균(古筠)으로 고치고, 때로 두타거사(頭陀居士)로도 썼다. 문과에 급제하여 사헌부 지평을 거쳐 홍문관 교리에 임명되었다. 그는 다재다능한 인물이어서, 갑신정변의 동지였던 박영효(朴泳孝)의 회고에 보면 "김옥균의 장처(長處)는 교우(交友)인데, 교우가 참 능했다. 글 잘하고 말 잘하고, 시(詩)·문(文)·서(書)·화(畵)에 모두 능했다……" 했다. 처음에는 박규수(朴珪壽), 뒤에는 유홍기(劉鴻基 : 大致)와 접촉하여 지도를 받게 됨으로써 열렬한 개화론자가 되었다. 자신이 당대의 명문양반이면서도, 국가의 독립을 유지하기 위해서는 무엇보다도 먼저 유교를 부정하고 전통적인 양반정치를 타도하여 근대국가를 수립해야 한다고 생각했다. 이리하여 그는 개화당(開化黨)을 조직했으나 그 거사(擧事)는 실패하여 비참한 최후를 맞게 된다. 여기에 싣는 치도약론은 임오군란(壬午軍亂) 뒤에 정사(正使) 박영효·부사(副使) 김만식(金晩植)으로 구성된 수신사(修信使)를 따라 일본에 갔던 그가, 그들의 요청으로 도쿄에서 쓴 글로서 매우 중요하면서도 명문(名文)으로 일컬어진다.

치도약론(治道略論)

　내가 듣건대, 잘 다스려지고 태평한 세상에는 수성(守成)[1] 하는 것을 귀하게 여기고, 환란을 겪은 뒷처리는 신칙(申飭) 하는 데 있다고 한다. 지금 우리나라는 새로 변란을 겪은 뒤에 성상(聖上)께서 간절하신 윤음(綸音)[2]을 내리시어 신사(紳士)나 서리(胥吏), 또는 일반 백성으로 하여금 각각 자기들의 의견을 말하게 해서, 국가에 이롭고 백성들에게 편리한 방법을 모두 그 날로 의논하여 시행하게 했으니, 이것은 대개 급히 실시해서 실지의 효과를 거두고자 한 것이다.

　생각건대 조정에 있는 모든 어진이나 초래(草萊)[3]에 있는 빼어난 인재들이 반드시 좋은 꾀와 큰 계획이 있어서, 날마다 우리 임금께 진달하여 윗사람과 아랫사람이 한 마음으로

---

1) 과거에 이룬 업(業)을 지키는 것.
2) 임금의 말씀.
3) 초야(草野)와 같은 뜻으로서, 비천(卑賤)한 백성을 가리킴.

부지런히 임금을 도와, 중흥(中興)의 기회에 발을 디디고 눈을 씻고 기다릴 수 있는 것이다.

대개 오늘날 먼저 힘써야 할 일을 말하노라면, 반드시 말하기를 인재를 쓰는 일이요, 재물 쓰기를 절약하는 일이요, 사치를 억제하는 일이요, 해금(海禁)⁴⁾을 풀어 넓혀 이웃 나라와 잘 사귀는 일이라 할 것이니, 이 일들은 하나라도 빠져서는 안 된다. 그런 까닭에 구구(區區)한 내 의견으로는 사실에 토대(土臺)를 두고, 진상(眞相)을 탐구해서 여기에서 한두 가지라도 시급히 시행해야 할 것이요, 원대(遠大)한 일을 한다고 떠벌려, 한갓 헛소리가 되게 하지 말지어다.

지금은 나라 안의 기운(氣運)이 크게 변하여, 만국(萬國)이 교통(交通)하여 수레와 배가 바다 위로 마구 달리고, 전선(電線)이 온 세계에 그물처럼 널렸으며, 광(鑛)을 열어 금은(金銀)을 캐내고, 쇠를 녹여 모든 기계를 만드는 등 일체의 민생(民生)과 일용(日用)에 편리한 일들은 자못 이루 말할 수 없다.

그 중에서 각국의 가장 요긴한 정책을 구한다면, 첫째는 위생(衛生)이요, 둘째는 농상(農桑)이요, 셋째는 도로(道路)인데 이 세 가지는 비록 아시아의 성현(聖賢)이 나라를 다스리는 법도라고 해도 또한 여기에서 벗어나지 않을 것이다.

춘추시대에도 남의 나라에 가면, 우선 그 나라의 도로와 교량을 보고서 그 나라 정치의 득실을 알았다고 한다.

---

4) 해안(海岸)에 외국 선박이 들어오거나 외국인이 와서 고기잡이 하는 것을 금함.

내가 일찍이 들으니, 외국 사람이 우리나라에 왔다 가면, 반드시 사람들에게 말하기를 "조선은 산천이 비록 아름다우나 사람이 적어서 부강해지기는 어려울 것이다. 그보다도 사람과 짐승의 똥·오줌이 길에 가득하니 이것이 더 어려운 일이다" 한다. 이것이 어찌 차마 들을 말인가?

우리나라는 조종조(祖宗朝)에서 나라를 세우고 법을 제정할 때에 도로와 교량을 닦고 다스리는 일은 수조(水曹)[5]에 소속시키고, 또 준천사(濬川司)[6]를 설치해서 오로지 내와 도랑을 파는 일을 맡게 했으니, 그 규모가 치밀하지 않은 것이 없었다. 그러나 풍속이 타락(墮落)해진 것이 그대로 습관이 되어, 비록 자기 몸에 직접 관계되는 이해 관계라도 오직 우물쭈물 그대로 넘기는 것을 능사(能事)로 알고 있어, 좋은 법과 아름다운 뜻은 오직 이름만 남아 있을 뿐이다.

수십년 이래로 괴질(怪疾)과 역질(疫疾)이 여름과 가을 사이에 성행해서 한 사람이 병에 걸리면, 그 병이 전염되어 백 명, 천 명에 이르고, 죽는 자가 계속해서 생기고, 더구나 죽는 자의 대다수는 일을 한창 할 장정(壯丁)들이었다. 이것은 비단 거처(居處)가 깨끗하지 못하고, 음식물에 절제가 없는 것뿐만 아니라, 더러운 물건이 거리에 쌓여 있어, 그 독한 기운이 사람의 몸에 침입하는 까닭이다.

이때를 당해서 혹시 부후(富厚)하고 존귀(尊貴)한 자로서,

---

5) 공조(工曹).
6) 조선 시대 때 한양 안의 개천 치우는 일과 사산(四山)의 금호(禁護)를 맡은 관청.

조금 섭양(攝養)할 줄 아는 사람은 이것을 초조하게 여겨, 마치 뜨거운 화로 속에 앉아 있는 것처럼 여겨서, 기도하고 빌고 주문을 외우고 부적을 써붙이는 등 별짓을 다한다. 또 조금이라도 의술을 아는 사람은 이러한 장소에서 도망하여 다른 곳으로 가려고 해도 할 수 없어 이리 닫고 저리 달려 창황(蒼黃)하게 돌아다닌다. 이리하여 요행히 살아남으면 문득 말하기를 "올해는 운기(運氣)가 그렇다"고 할 뿐이다.

날씨가 조금 추워져서 전염병의 증세가 차츰 가라앉으면, 사람들은 모두 양양(洋洋)하여 기뻐하여 모든 일을 잊어버린다. 그러니 어찌 슬픈 일이 아니겠는가!

현재 구미(歐美) 각국은 그 기술의 과목(科目)이 몹시 많은 중에서도, 오직 의업(醫業)을 맨 첫머리에 둔다. 이것은 백성들의 생명에 관계되기 때문이다. 그런데 우리나라는 관청에서 민가의 마당에 이르기까지 물이 번지고 도랑이 막혀서, 더러운 냄새가 사람을 습격하여 코를 막아서 견디기 어렵다는 탄식이 있으니, 실로 외국의 조소(嘲笑)를 받을 일이다.

저번에 전권대사(全權大使) 박영호, 부사 김만식이 일본에 사신으로 갔을 때, 나는 또한 일본을 두루 돌아 도쿄에 두 번이나 간 일이 있었다. 어느 날 두 사람은 나에게 말하기를 "우리는 장차 치도(治道)에 능한 학자 몇 명을 데리고 함께 본국에 돌아가 정부에 보고하고, 치도하는 일을 급히 시행하려 하는데, 그대의 의견은 어떠한가?" 한다.

이에 나는 대답하기를 "우리나라는 지금 크게 경장(更張)[7] 할 때를 당해서 그대들은 여기에 대한 소중한 책임을 지고 이제 외국에 온 것이니, 복명(復命)하는 날에는 여러 가지 보고 들은 것을 가지고 정부에 건의해서 국가에 훈업(勳業)을 수립하는 것이 곧 그대들의 책임인데, 겨우 이 치도하는 일을 가지고 급선무를 삼으려는가?" 했다.

그들은 웃으면서 말하기를 "그렇지 않다. 우리나라에 있어서 오늘날 급히 해야 할 일은 농업을 일으키는 일보다 더한 것이 없고, 농업을 일으키는 요점은 실로 전답에 거름을 부지런히 주면 더러운 것을 없앨 수 있고, 더러운 것을 없애면, 전염병도 없앨 수 있다. 가령 농사짓는 일이 제대로 되었다고 할지라도 운반이 불편하다면, 양곡이 남는 곳의 곡식을 양식이 모자라는 곳으로 옮길 수 없다. 그런 까닭에 길을 닦는 일이 시급히 요구된다는 것이다. 길이 이미 잘 닦아져 거마(車馬)가 편하게 다닐 수 있게 되면, 열 사람이 할 일을 한 사람이 할 수 있을 것이니, 나머지 아홉 사람의 힘을 공업(工業)의 기술로 돌린다면, 옛날에 놀고 먹기만 하던 무리들은 모두 일정한 항구적(恒久的)인 직업을 갖게 될 것이다. 그러니 국가를 편하게 하고 백성을 이롭게 하는 것이 이보다 나은 것이 있겠는가?" 한다.

이에 나는 일어나서 절하고 말하기를 "참으로 그러하다. 그대들이 말하는 위생이니 농상이니 도로니 하는 것은 고금 천하에 바꿀 수 없는 올바른 법이다. 내가 본국에 있을 때 일찍이 아는 친구들과 이 일에 대하여 의논한 일이 있었지만, 그래도 오히려 한 가지만 행하면 여러 가지가 이토록 갖추어

---

7) 고쳐서 새롭게 함. 사회적 정치적으로 부패한 제도를 바르게 고친다는 뜻도 된다.

져서 조밀하게 해결되는 줄은 몰랐었다.

나는 또 들으니 일본이 변법(變法)한 이후로 모든 것을 경장했지만, 오직 도로를 닦는 공이 효력을 크게 거두었다고 한다. 이에 그대들이 본국에 돌아가 정부에 보고하여 이를 행하게 하면, 지난 날 외국에 조소받던 일이 도리어 서로 기쁘게 치하하게 되지 않겠는가? 우리나라가 부강해질 방법은 실로 여기에서 시작될 것이다" 했다.

이에 김공은, "옥균에게 부탁하여 치도규식(治道規式) 몇 조목을 만들어 이것을 시행하도록 하라" 한다.

옥균이 감히 글을 하지 못한다고 사양할 수 없어서 삼가 다음과 같이 조목을 만드는 바이니, 여러분들은 여기에 유의하여 채택해 주신다면 매우 다행스럽겠다.

성상(聖上)께서[8] 즉위하신 지 19년이 되는 임오(壬午) 11월 보름에

김옥균은 삼가 씀.

---

8) 여기에서는 고종(高宗)을 말한 것으로서, 고종이 즉위한 지 19년이 되는 해는 서기 1882년에 해당함.

수당기(修堂記)

이건창(李建昌)

이건창(李建昌)

　자는 봉조(鳳藻), 호는 영재(寧齋). 본관은 전주(全州). 문과에 급제하여, 26세에 호남우도(湖南右道)의 안렴사(按廉使)가 되었고, 31세에 다시 진휼사(賑恤使)가 되어 경기 13읍을 안렴했다. 연거푸 어머니와 아버지의 상(喪)을 당하는 사이에 그의 빛나는 문학 수업이 강화 향리에서 이루어졌으니 《당의통략(黨議通略)》의 대작이 이 때에 이루어졌다. 그는 너무 문장으로 이름이 높았기 때문에 시인으로서의 영재는 그 빛을 제대로 발휘하지 못했다. 그러나 영재의 시를 평하는 사람은 그의 시에 백거이(白居易)의 풍도가 있다고 한다. 여기에 실은 〈수당기〉는 〈여택기(麗澤記)〉와 함께 높이 평가되는 문장이다. 그는 자청하여 고군산도(古群山島)에 유배를 갔다가 돌아와 자기 손으로 그의 시문집(詩文集)의 서전(叙傳)을 써놓고 2년 후에 세상을 떠났다.

수당기(修堂記)

내 집은 강화도(江華島) 바닷가에 있고, 원팔(元八)[1]은 대호(大湖) 서쪽에 살아, 그 거리가 수백 리인데, 그 이름을 듣고 그 사람을 보리라 생각한 것이 어느덧 10년이 되었다. 그러다가 이제 서로 서울에 모여 사니, 그 기쁨을 알 만하다. 항간에서 미나리골이라 부르는 곳이 회현방(會賢坊)과 장흥방(長興坊) 사이에 끼어 있어, 마치 나사 모양 같기도 하고, 개미 허리 꺾어진 것 같기도 하여, 좁아서 수레와 말이 들어갈 수 없는데, 우리 두 사람은 그 중간에 우거하고 있다. 매양 찾고 싶으면 문을 나올 때 의대(衣帶)를 푼 채 신이 앞서 나가기 일쑤였다. 몇 잔 술을 데우기라도 하면 쪽지를 보내서 모셔가곤 했는데, 술이 채 데워지기도 전에 웃는 입이 이미 열렸으니, 이 또한 즐거운 일이라 하겠다.

그러나 나와 원팔은 다같이 시골에서 세거(世居)하여, 선

---

1) 이남규(李南珪)의 자(字).

인(先人)이 남겨준 전택(田宅)과 아름답고 무성한 나무와 맑은 샘물을 지키고, 높은 곳에 올라 먼 경치를 바라보면서 살아왔는데, 이것들은 모두 스스로 즐기기에 충분한 것이었다. 문 앞에는 바닷물이 바로 통하여 바람이 순조롭고, 조수가 밀려들어오면 하루 동안에도 왕래를 할 수 있어서 마치 광원(廣遠)하고 청한(淸閑)한 곳에서 만나는 것과 같으니, 마음을 풀어 놓고 이 몸이 있는 것조차 잊어버리고 쾌히 평생 일을 다 털어 놓는다면 그 즐거움이란 어찌 이루 다 말할 수 있겠는가?

어지러운 한 해는 산중에서 보내는 한 달만도 못하여, 비록 벽 하나를 사이에 두고 살면서도 언덕이나 밭둑길을 넘어다니는 재미와도 같지 못하다. 속진(俗塵)이 사람을 어지럽게 하여 스스로 풍채를 초췌하게 하고 일상 살아가는 것과 행동거지가 모두 무형한 가운데에서 제약을 받는 것 같으니, 무슨 까닭으로 그렇게 되는지 알지 못했다. 오직 도(道)를 배워서 천하의 만물을 잊어버릴 수 있는 데까지 이른다면 이것을 걱정할 것은 없을 것이며, 부귀와 영화에 빠져, 이로써 죽고 살기를 한다면 이를 잊을 수 있을 것이다. 내직(內職)과 외직(外職), 높은 벼슬과 낮은 벼슬을 가릴 것 없이 도무지 얻는 것이 없어서, 한갓 친구들과 어울려 서로 위로하고 서로 의지할 뿐이니, 마치 물고기가 못 가운데에서 서로 물 깊은 곳으로 몰려드는 것과 같다.

악착스럽게 살아가는 나같은 자는 진실로 말할 것이 못되지만, 비록 그대의 그 뛰어난 재주와 풍부한 지식으로 장차 세상에 시행할 일이 있을지라도 나의 말을 들으면 또한 반드시 서글퍼서 아무것도 얻는 것이 없을 것이다. 그대가 새로이 이 우사(寓舍)를 수리하고, 나에게 수당기(修堂記)를 써달라고 여러 차례 부탁했다. 인생 천지간에 진실로 어디를 가도 우거(寓居) 아닌 것이 없다. 그런데 수당(修堂)과 그대의 관계는 또 우거 중에서도 우거이다. 이미 가족이 따라오지 않았으며, 서책(書冊)을 보는 즐거움이 없고, 그릇과 옷과 범백(凡百)의 도구가 없어, 몇 개의 서까래가 비바람을 막아 주고, 한 개의 밥솥이 끼니를 제공해줄 뿐이니, 아무 때이고 거둬 돌아가면, 이 당(堂)은 지키는 자의 것이 되고 말 것이니, 여기에 어찌 힘써 수리를 하며 또 어찌 애써 기(記)를 붙이겠는가?

그러나 옛날에 곽유도(郭有道)는 여사(旅舍)를 거쳐 갈 때면 반드시 깨끗이 소제를 하곤 하여, 사람들이 그것으로써 알아보고 "이곳이 유도가 자고 간 곳"이라고 했다. 그러니 사정이 이와 같다면, 그대가 당을 수리하는 것과 내가 기(記)를 붙이는 것은 모두 하지 못할 일은 아니다. 다만 당실(堂室)이 몇 칸이라는 것과 날짜 같은 것은 적지 않고, 그 우거한 사실만을 기록한다.

글이 이미 다 되고 나서, 그는 또 나에게 이르기를 "여기에 명(銘)을 더 붙여 내가 살펴 읽어서 스스로 몸을 닦도록 하는 것이 좋겠다" 한다. 그 명은 다음과 같다.

그대는 장차 어떻게 수리를 하겠는가, 수리를 한다면 또 무엇부터 먼저 하겠는가?
予將奚以修乎 修且奚先乎

당과 실은 그대가 쉬는 곳이요, 문은 그대와 손님이 지나
가는 곳이네.
　寢乎予之所休也　門乎予與賓客之所由也

담장은 또 도둑이 조석으로, 들여다보고 모의하게 하는 곳
이다.
　垣乎又寇盜之所朝夕何而謀也

어디인들 그대가 거처하는 곳이 아니며, 어디인들 하루라
도 수리하지 않을 수 있으랴?
　孰非予之居　孰可一日而不修

벽에 흰 분을 칠하고 기둥 머리에 채색만 하고, 그 마룻대
가 흔들리는 것을 알지 못하면,
　粉其壁而藻其栱　而不知撓其棟

비록 이미 수리를 다했다 해도, 나는 반드시 쓸 만한 것이
못된다고 말할 것이네.
　雖曰已修　吾必謂之不可以用

분분하게 치달으며, 황망하게 구하니,
　紛乎其馳也　遑乎其求也

이런 말을 할 만한 사람이, 많겠는가 많지 않겠는가?
　而可以語此者　多乎不乎

그대가 다행히 내 말을 미쳤다고 여기지 않는다면,

子幸不以余言爲狂

어찌 나와 함께 서로 몸을 닦아서, 이 당에 부끄럼이 없게
하지 않겠는가?

盍與余而交修　無爲堂之羞

송박오서행대지문(送朴梧西行臺之文)

이건창(李建昌)

송박오서행대[1]지문(送朴梧西行臺之文)

내가 재주도 없으면서 조정에 벼슬한 지 여러 해가 되었는데, 스스로 생각해 보아도 재주는 백성과 사직(社稷)을 감당하기에 부족하고, 힘은 지방 장관에 있기에 부족하여, 국가에 보답할 것이라고는 하나도 없다. 다행히 책을 읽어 옛 사람들의 일을 대강이나마 알고, 더욱이 옛 군사가 사령(辭令)[2]과 문장으로 사신의 직책을 맡아 다른 나라의 정세에 통달한 것을 사모하였는데, 거의 여기에 힘입어 나도 뜻을 세운 것이 있었다. 그런 까닭에 깃발을 가지고 만리 밖에 나가고자 했더니, 조정에서 그 뜻을 잘못 허락해 주고 임금도 은혜로운 명령을 아끼지 않으시어 마침내 세폐사(歲幣使)[3]로 가게 되었다.

---

1) 삼사신(三使臣)의 하나인 종사관(從事官)의 별칭. 대관(臺官)의 권한을 행사하기 때문에 생긴 말.
2) 응대(應對)하는 말.
3) 매년 음력 10월에 중국에 공물(貢物)을 가지고 가는 사신.

나는 또 생각하니, 전일에 내가 마음속에 추량(推量)했던 일이므로, 하루아침에 뜻밖의 일을 당하여 그것을 이겨내지 못할까 두려워하는 것과는 달랐다. 갑자기 말 고삐를 잡고 길에 오르니, 감개하는 마음이 들어, 공손교(公孫僑)⁴⁾와 양설힐(羊舌肹)⁵⁾을 본받고 장건(張騫)⁶⁾과 소무(蘇武)⁷⁾를 좇을 뜻이 있어, 노숙(露宿)하는 괴로움이나 별빛을 보고 이슬을 맞는 걱정같은 것을 생각할 겨를도 없을 뿐만 아니라, 진실로 마음에 두지도 않았다.

떠난 지 수십일 만에 두 나라 접경에 이르렀더니, 만나는 것은 점점 뜻에 맞지 않아, 눈에 보이는 것은 기강이 해이하고 유약한 것이 점점 많아지는 것이었는데, 이것이 관직을 병들게 하고 무너지게 하는 데까지 이르렀어도 이를 남몰래 조사하여 그 선악을 들추어낼 줄 모르는 것은 이루 다 기록할 수가 없었다. 그리하여 마침내 오늘날의 사행(使行)이 옛날의 사행보다 어렵다는 것을 실감했다.

---

4) 춘추시대의 정(鄭)나라 대부(大夫)로서, 교린(交隣)에 능란했다.
5) 춘추시대 진(晉)나라 사람으로 숙힐(叔肹)이라 하는데 예양(禮讓)으로 나라를 다스렸다.
6) 한(漢)나라 사람. 무제(武帝)가 흉노에 대한 화친책을 버리고 대월지(大月氏)와 동맹하여 흉노를 칠 계획을 할 때, 대월지에 사신으로 가다가 도중에 흉노에 사로잡혀 20여 년 동안 사로잡혀 있다가 도주, 귀국했다. 장건은 이 사행의 목적은 달성하지 못했지만 그 견문은 한나라에 기여한 바가 컸다.
7) 한나라 중랑장(中郞將)으로 사신으로 갔다가 19년 동안 억류되었다가 돌아왔는데 흉노 사행 때 가지고 간 절(節)을 소무절(蘇武節)이라고 한다.

그러나 사신의 할 일이 진실로 여기에서 끝나지 않았기 때문에, 애써 전진하여 마자하(馬訾河)를 건너고 요계(遼薊)의 들을 지날 무렵, 날로 전에 보지 못하던 것을 보게 되어 넌지시 의기를 돋워 주었다. 그러나 산천과 성곽, 그리고 궁실의 규모가 너무도 넓고 커서 모든 이용후생(利用厚生)의 기구가 우리나라의 그것과 같은 것이 전혀 없어서, 사신이 지나가는 데 있어서는, 가고 정지하는 것은 전혀 말을 모는 사람에게 맡겼고, 말하고 하지 않는 것은 오직 역관(譯官)의 말에만 귀를 기울였다. 까닭에 보고 들은 것은 열이나 백 가운데에서 겨우 하나 둘에 지나지 않아, 또한 그 전체의 윤곽을 파악해서 그 깊은 실정을 헤아릴 수 없었다. 이리하여 대국에의 사행이 더욱 어렵다는 것을 실감했다.

그러나 사신의 할 일은 오히려 끝나지 않았다. 천자가 있는 연경(燕京)에 이르러 수레에서 내려 마부(馬夫)를 쉬게 한 다음 여기 저기 조정과 시정(市井)을 살펴 보았더니, 사방의 학사(學士)나 대부(大夫)들은 우리를 비루하다 하지 않고, 오히려 지나칠 정도로 서로 추천하고 존중하여 거의 반형도고(班荊道故)[8]하고 증책(贈策)하는 풍속이 있었다. 그러나 말은 기필(期必)해서는 안 되고 일은 빨리 서둘러서는 안 되기 때문에, 그 깊은 것을 하고자 하는 자는 반드시 알게 해야 하고, 그것을 다 끝내고자 하는 자는 반드시 여유가 있어야 하

---

8) 친구를 길에서 만나 옛 정을 말하는 것. 춘추시대 초(楚)의 오거(伍擧)가 진(晉)나라로 도망가려다가 정(鄭)의 교외에서 친구 성자(聲子)를 만나 초(楚)로 돌아갈 것을 의논한 고사(故事).

는 것이니, 우선 내가 할 것부터 잘한 다음에 저들에게 덤비지 말고 서서히 살펴서 묵묵히 이를 기록해야 할 것이다. 왜냐하면, 일을 두루 본 후에라야 형세를 살필 수 있고, 사람을 깊이 안 후에야 말을 알 수 있고, 오랜 날을 보내고 난 후에라야 뜻을 정할 수 있기 때문이다.

여기에서 보면 나는 옛 사신이 하던 일을 할 수 없으면서, 옛 사신의 뜻만 얻을 수 있었기 때문에 개연히 크게 탄식하고, 앞서 말을 너무 쉽게 한 것을 후회했다. 그런 까닭에 객관(客館)을 떠나던 날, 상하 수백 인이 기뻐서 서로 돌아보고, 말〔馬〕들 중에 병든 놈도 날뛰고 소리를 지르는 등, 득의(得意)한 모습을 보았지만, 나만 홀로 심심하여 마치 무엇을 잃은 것만 같았다.

《시경》에 이르기를,

"빛 어린 환한 꽃은, 언덕 진펄에 피어 있네. 부지런히 달리는 사람은, 매양 미치지 못할까 걱정일세"

했다. 옛말에 "미치지 못했다고 할 때에는 그 미칠 수 있는 것을 알 수 있다" 했으니, 내가 스스로 미친〔及〕 것이라고 생각하고 있는 것이야말로 옛 군자들의 그것과 비겨 보면 어떻겠는가?

어느 날 행대(行臺) 박오서(朴梧西)가 내게 글을 보내 말하기를,

"내가 떠나는 것이 날짜가 정해 있으니, 그대가 한 마디 말로써 나를 보내 주지 않겠는가?"

한다. 이에 나는 그 글을 받아 들고 탄식하기를,

"말로써 사람을 보내는 것은, 그 사람에게 장차 힘쓰도록 권면하는 것인데, 내가 오서(梧西)에게 만일 힘쓰도록 권한다면, 이는 곧 나의 부끄러움을 더하는 것이라. 차라리 나의 부끄러움을 기록하여 오서에게 보내면, 오서가 이것을 보고 힘쓸 것이니, 이것은 또한 내가 오서에게 힘쓰도록 해준 것이 될 것이다"

했다.

그러나 오서는 나의 선배로서 사리에 두루 밝고 시무(時務)에 통달하여 무슨 일을 맡겨도 감당하지 못할 것이 없으니, 겨우 일개 사신으로는 스스로 보람을 느낄 사람이 아닐 뿐만 아니라, 또 이번 사행은 우리 원량(元良)⁹⁾의 책봉을 위하여 가는 것이어서, 그 일의 중대함이 오직 세폐사의 그것에 그치는 것이 아니다.

---

9) 세자(世子).

한국독립운동혈사서언(韓國獨立運動血史緖言)

박은식(朴殷植)

박은식(朴殷植)

　호는 백암(白巖). 황해도 황주(黃州)에서 태어난 구한말(舊韓末)의 위대한 애국계몽사상가(愛國啓蒙思想家)이자, 헌신적 독립운동가이다. 그의 학문은 처음에는 화서(華西) 이항로(李恒老) 계통인 박문오(朴文五) 영제에게서 주자학을 배우고, 뒤에 정 다산(丁茶山)의 저작을 읽어, 30세 때에 이미 서도(西道) 최대의 대유(大儒)로 일컬어졌다. 그러나 그는 당시 시국의 변전을 목격하고 40세 때에 주자학자로서 위정척사(衛正斥邪)로 가지 않고 드디어 개화독립(開化獨立)으로 독립협회 · 만민공동회에 참가하고, 〈황성신문(皇城新聞)〉의 논설 기자로 활약했다. 이 무렵 〈학규신론(學規新論)〉 · 〈흥학설(興學說)〉을 저술하여 당시 교육의 발흥(勃興)과 사상의 변혁에 큰 영향을 끼쳤다. 다시 《안중근전(安重根傳)》을 썼으며, 《한국통사(韓國痛史)》를 발간했다. 이 혈사(血史)는 3 · 1운동의 감격을 안고 쓰기 시작하여 1920년에 발간한 책으로서, 이 책은 통사(痛史)보다 훨씬 더 현대적인 사학방법(史學方法)에 의하여 기술되었기 때문에 오늘날의 사가(史家)들이 추정하기 어려울 만큼 진보적으로 발전되었다.

한국독립운동혈사서언(韓國獨立運動血史緒言)

지난 날에 나는 《한국통사(韓國痛史)》를 편찬했다. 그때 어떤 동지가 축배를 들면서 "노익장(老益壯)인 선생님께서는 찬란하고 장엄한 붓을 결코 이 통사(痛史)에서 그치시지는 않으시겠지요. 우리들에게 광복사(光復史)를 볼 수 있도록 선생님을 번거롭게 하고 싶습니다"라고 말한다. 나는 정말 자신하고 있다. 우리나라가 광복할 날은 반드시 오고야 말 것이며, 또 일본의 장래는 머지않아 패망하리라는 것을. 그런 까닭에 비록 엎어지고 자빠지며, 서로 유리(流離)하여 배고파 추위에 떨며, 병고(病告)에 시달린다 할지라도 아직까지 한 줄기 낙관(樂觀)을 버린 적이 없었다.

그러나 다만 그 시기의 이르고 늦은 것만을 알지 못할 뿐이다. 세월이 지나감에 따라, 갈수록 나는 쇠약해졌는데도 어떻게 오늘의 이 운동사(運動史)를 통사에 이어 저술할 것을 가졌겠는가? 나는 자신있게 말할 수 있다. 우리나라는 반드시 광복할 날이 있을 것이다. 대체로 나라들이 서로 겨루는 시대에는, 강국이 약국을 병탄(倂呑)하는 경우가 적지 않다. 그러나 만일 인종적(人種的)으로 자격이 동등하고, 종교·역사·언어·풍속에 불멸(不滅)의 국혼(國魂)이 깃들여 있다면, 한때는 병탄을 당하더라도 나중에는 분리, 독립되는 것을 또한 세계사(世界史)를 통해서 흔히 볼 수 있는 일이다.

우리 민족은 단군성조(檀君聖祖)의 자손으로서 동해의 명승지(名勝地)에 자리잡았다. 인재의 배출과 문물(文物)의 제작에 있어서 우수한 자격을 갖추어 다른 민족보다 뛰어났다는 것도 사실이다. 우리나라 역사는 4천 3백년 동안 한 갈래로 계통을 이었고, 충의와 도덕이 근본으로 깊고 두터웠으며, 종교·문학도 일찍부터 창명(昌明)하여 그 영향이 일본에까지 미쳐, 우리나라는 선진(先進)의 지위를 차지해 왔었다. 언어도 우리 대한의 언어요, 풍속도 우리 대한의 풍속이며, 노래도 우리의 노래요, 예제(禮制) 또한 우리의 예제이며, 의식(衣食) 또한 우리의 의식이기 때문에, 우리의 국민성(國民性)은 모든 면에서 다른 민족과 구별되고 있다.

이와 같이 여러 종류의 것들이 종합되어, 우리 국혼으로 강하게 응고(凝固)되었으니, 우리의 국혼은 결코 다른 민족에 동화(同化)될 수가 없는 것이다. 저 일인(日人)이란 자들은 대대로 우리의 원수였고, 천 년 동안 쌓인 원한도 서로 어울릴 수가 없으며, 심지어 향내나는 한 포기의 풀이나, 악취를 풍기는 한 포기의 풀이라 할지라도 일본과 조화될 이치가 없다.

그런데 우리를 탈취한 저들은 오로지 사기(詐欺)와 폭력으로 신의와 맹세를 저버렸다. 요행으로 얻은 한때의 세력은

폭풍우나 소나기처럼 결코 오래갈 수는 없다. 천도(天道)는 돌고 돌아갔다가는 다시 온다. 저 초목을 보라. 들불에 불태워졌어도 다 죽지 않고 봄바람이 불면 또다시 살아난다. 우리 2천만의 국혼이 어찌 이와 다르겠는가? 이것이 바로 내가 우리나라는 반드시 광복할 날이 오리라고 믿는 까닭이다.

왜 일본의 장래는 머지않아 반드시 패망하고 말겠는가? 저 구미의 열강을 보라. 그들의 풍부하고 융성한 문명은 모두 헤아릴 수 없이 많은 인지(人智)와 인력(人力)을 쌓아 이룩해 온 것이다. 그런데 극동(極東)의 섬 가운데 처박혀 있는 일본은 본래부터 견문(見聞)이 보잘것없고, 이빨에 칠을 하고 몸에 문신(文身)을 하며, 물고기·자라와 어울려 살았다. 저들의 음식과 의복, 궁실에서 쓰고 있는 도구들은 우리들에게서 얻어간 것에 불과하다.

하루아침에 갑자기 서양의 세력이 동양으로 점진(漸進)하고 있는 것을 본 저들은, 자강(自强)을 도모하지 않으면 자존(自存)할 수 없으며, 진취(進取)의 뜻을 단단히 갖지 않으면 발전할 수 없다고 생각했다. 그리하여 저들은 국민들을 채찍질하여 외곬으로 치닫게 하고, 정신과 힘을 쥐어짜고, 무예(武藝)를 닦으며, 병기를 정비한 후부터는, 국세의 불꽃이 열화처럼 폭등했다. 군국주의(軍國主義)의 대륙정책이 하나하나 착수되고, 드디어는 중국, 러시아 양대국과의 전쟁에서 승리를 거두어 국위(國威)를 크게 떨쳤고, 패업(覇業)은 날로 융성해서 가히 그 성대한 추세를 막을 나라가 없을 정도였다. 그러나 무인들의 전제(專制)를 불평하는 여론이 일어났고, 국외를 팽창(膨脹)하는 데에만 힘썼기 때문에, 민력은 이미 피폐할 대로 피폐했다.

저들이 우리나라를 도모할 때 우리의 민의(民意)를 멸시하고, 오직 소수의 간당(奸黨)을 이용하여 그 끝없는 욕심을 제멋대로 채웠다. 저들은 중국과 러시아에 대해서도 오직 똑같은 술책을 썼다. 그런 가닭에 비록 많은 이권을 취했다 하더라도 계속 민의를 잃어버렸고, 더욱이 군민의 교만과 횡포로, 학대의 참상은 이루 말할 수 없을 정도였다. 그리하여 저들이 첫번에 나아감에 우리 2천만의 원수가 되었고, 두 번 나아감에 따라 중국 4억의 원수가 되었으며, 세 번째 나아감에 러시아 2억의 원수가 되었다. 저들은 비록 강력한 무력을 가졌다 하더라도, 세계 인민이 공동의 원수로 생각하고 있으니, 저들의 무패(無敗)가 어찌 보존될 수 있겠는가?

구미의 모든 열강들은 침략행위에 대하여 분노와 질시(嫉視)를 품고 있으며, 기회를 타서 제압하려는 의도도 또한 적잖다. 저들의 국제적 고립이 이와 같으니, 이것이 내가 바로 일본의 장래가 머지않아 망하고 말 것이라고 믿는 까닭이다.

나는 이 두 개의 관념에 의거해서 우공(愚公)[1]이 산을 옮기듯이 꾸준하게 노력하는 방법을 스스로 남몰래 생각하고, 우리의 광복사업이 자손 만대에까지 전해져서라도 이룩될 것을 기대한다. 그러나 만일 하느님의 도움을 받는다면, 그것이 내 몸에까지 미쳐 몸소 그 성공을 보게 된다는 것, 또한

---

1) 우공이 오랜 세월을 두고 열심히 자기 집 앞의 산을 딴 곳으로 옮기려고 노력하여 결국 이루었다는 고사로서, 무슨 일이나 꾸준히 노력하면 성공한다는 비유로 쓰임.

허망한 일만은 아닐 것이다.

기미(己未) 3월 1일, 우리의 태극기가 갑자기 하늘에 휘날리면서 해와 달과 빛을 다투었고, 독립만세의 소리는 천지를 진동시켰다. 우리 남녀노유(男女老幼)의 유혈(流血)이 가득 뿌려졌으나, 용기는 더욱 분발되고 더욱 장렬해졌다. 국내외에서 보잘것없는 마을과 궁벽한 시골에서, 우리는 모두 같은 소리를 외쳤으며, 앞을 다투어 목숨을 바쳤다. 충성스럽고 신의에 찬 모든 독립운동자들의 손에는 촌철(寸鐵)마저 갖지 않았다.

이때 저들은 군경을 크게 동원하여 살육을 자행하고, 총검으로 풀베듯 쏘고 찔렀으며, 촌락과 교회당을 불살라 뼈만 쌓이고, 즐비한 가옥은 재로 변했다. 전후의 사상자는 수만에 이르렀고, 투옥되어 형(刑)을 받은 자는 6만여 명이나 되었다. 하늘과 해가 암담했고, 초목조차 슬피 울었지만, 우리 민족의 의로운 혈기는 조금도 멈출 줄 몰랐다.

각국의 여론은 모두 하나같이 격앙되어 저들의 만행과 폭력을 세계에 철저히 밝혀 놓았다. 이때 하세가와〔長谷川〕는 깃발을 거두어 도주해버렸고, 사이토오〔齋藤實〕는 다시 폭격을 당하고 낭패하여 의지할 곳조차 잃어, 너무 급해서 어찌할 줄 모르다가 그 기색을 잃어버렸다. 또한 저들 사회의 언론도 전의 논조(論調)를 고쳐, 동화(同化)의 불가능함을 밝혀 주장하고, 그들 정부의 실책을 공격했다. 어떤 자는 자치(自治)를 말하는가 하면, 또 어떤 자는 우리의 독립을 허용해 줄 것을 주장하기도 했다. 드디어 일본 정부도 무단정책을 유화정책(柔和政策)으로 바꾸고 말았다.

그러나 우리가 절대적으로 주장하는 바는 오직 독립 하나
뿐이니, 또 달리 무엇을 물을 것이 있겠는가? 오로지 이것을
위해 굳게 참고 견디면서 계속 맹진(猛進)하여 여러 방면에
서 깨뜨리고, 전력을 다해 배척할 뿐이다. 그리하여 저들로
하여금 궁지에 빠지게 하고, 지난날의 잘못을 크게 뉘우치게
한다면, 완전 독립은 또한 머지않아 이룩될 것이다. 그런 뜻
에서 이 운동사(運動史)는 또한 우리의 광복사(光復史)로 인
정해도 좋을 것이다.

한국독립(韓國獨立)의 서(書)

한용운(韓龍雲)

한용운(韓龍雲)

　호는 만해(萬海). 위대한 승려이자 행동적인 민족주의자요 탁월한 시인이다. 그는 어려서 고향의 서당에서 정규적인 한문교육을 받아 《소학》·《통감》에서 시작하여 18세까지 4서 3경을 모두 배웠고, 틈틈이 《서상기》·《삼국지》 등의 희곡·소설 기타 장서류들도 읽었다고 한다. 그러다가 18세에 집을 떠나 설악산 오세암(五歲庵)으로 들어가 불교서적을 중심으로 독서에 정진했다. 그러는 동안 그는 불경에 대해 공부하는 한편, 여러 가지 근대적인 교양서적과 접촉했다. 그 후 백담사(百潭寺)에서 김연곡(金連谷)스님으로로부터 봉완(奉琓)이란 계명을 받고 승려가 되었으며, 다시 건봉사(乾鳳寺)의 만화선사(萬化禪師)로부터 법을 이어받아, 법명을 용운(龍雲), 법호를 만해(萬海：卍海)라 했다. 3·1운동 때 민족대표 33인의 한 사람으로서 독립선언서에 서명, 체포되어 3년 동안 복역했고, 시집 《님의 침묵》을 출판하여 저항문학에 앞장섰다. 신간회(新幹會)에 가입하여 중앙집행위원으로 경성지회장(京城支會長)을 겸했으며, 조선불교청년동맹(朝鮮佛敎靑年同盟)을 통해 불교를 통한 청년운동을 강화했다. 불교계통의 항일단체인 ‘卍黨事件’의 배후자로 검거되고, 그 후에도 계속하여 불교의 혁신과 작품활동을 계속했다.

한국독립(韓國獨立)의 서(書)

개론(概論)

자유는 만유(萬有)의 생명이요, 평화는 인생의 행복이다. 그런 까닭에 자유가 없는 사람은 사해(死骸)와 같고, 평화가 없는 자는 가장 고통스러운 자이다. 압박을 받는 자의 주위의 공기는 무덤으로 화하고, 쟁탈을 일삼는 자의 생애는 지옥이 되는 것이니, 우주의 가장 이상적이고 행복한 실제는 자유와 평화다. 까닭에 자유를 얻기 위해서는 생명을 홍모(鴻毛)처럼 보고, 평화를 보존하기 위해서는 희생을 단 엿처럼 맛보는 것이니, 이것은 인생의 권리인 동시에 또한 의무일 것이다.

그러나 자유의 공례(公例)는 사람의 자유를 침입하지 않는 것으로 한계를 삼는 것이니, 침략적인 자유는 몰평화(沒平和)의 야만의 자유가 되며, 평화의 정신은 평등에 있으니, 평등은 자유의 상적(相敵)을 말함이다. 그런 까닭에 위압적인 평화는 굴욕이 될 뿐이니 참다운 평화는 반드시 자유를 수반하는 것이다. 자유여! 평화여! 참으로 전인류의 요구일 것이다.

그러나 인류의 지식은 점진적이기 때문에 초매(草昧)로부터 문명에, 쟁탈로부터 평화에 이르는 것은 역사적 사실임을 증명하기에 넉넉하다. 인류 진화(進化)의 범위는 개인적으로부터 가족, 가족적으로부터 부락, 부락적으로부터 국가, 국가적으로부터 세계, 세계적으로부터 우주주의(宇宙主義)에 이르도록 순차로 진보하는 것이니, 부락주의 이상은 몽매한 시대의 낙사진(落謝塵)에 속하게 된다. 돌아다보는 감회를 더하는 외에 논술(論述)할 필요가 없다.

행인지 불행인지 18세기 이후의 국가주의는 실로 전세계를 풍미(風靡)하여 고조(高調)의 절정에 제국주의와 그 실행의 수단, 즉 군국주의를 만들어냄에 이르러서, 소위 우승열패(優勝劣敗) · 약육강식(弱肉强食)의 학설은 가장 진실하고 변치 않는 금과옥조(金科玉條)로 인식되어, 살벌 강탈(殺伐强奪)하여 국가 혹 민족적 전쟁은 자못 쉴날이 없어서, 혹 기천년의 역사국을 폐허로 만들며, 기십 만의 생명을 희생하는 일이 지구를 돌아서 무한히 그칠 곳이 없으니, 전세계를 대표할 만한 군국주의는 서양에 독일이 있고, 동양에 일본이 있다.

그러나 소위 강자, 즉 침략국은 군함과 대표만 많으면 자국의 야심과 욕망을 채우기 위하여 비인도(非人道) 멸정의(蔑正義)의 쟁탈을 행하면서도, 그 이유를 설명함에 있어서는 세계나 혹 국부(局部)의 평화를 위한다든지, 쟁탈의 목적을 피침략자의 행복을 위한다는 등, 자기와 남을 다같이 기만하는 망어(妄語)를 일삼아, 엄연히 정의(正義)의 천사국(天

使國)으로 자처한다. 예를 들면 일본이 폭력으로 조선을 합병(合倂)하고, 2천만 민족을 노예로 대하면서도, 조선을 합병한 것은 동양 평화를 위한 것이며, 조선 민족의 안녕과 행복을 위하는 것이라 운운(云云)하는 것이 이것이다.

아아! 약자는 예로부터 내려온 약자가 없고, 강자는 끝없이 계속되는 강자가 없다. 더위와 추위의 대운이 그 바퀴를 움직이는 시간은 복수의 전쟁이 반드시 침략의 전쟁의 발꿈치를 따라서 일어나는 것이니, 침략은 전쟁을 유치하는 자이니, 어찌 평화를 위하는 침략이 있으며, 또한 자기 나라 몇천 년의 역사는 남의 나라의 침략의 칼에 단절되고, 몇백 · 천만의 민족은 외인의 학대 밑에 노예가 되고 우마가 되면서, 이것을 행복이라고 여기는 자가 있겠는가?

어떤 민족을 막론하고 문명의 정도의 차이는 있을지라도 혈성(血性)이 없는 민족은 없을 것이니, 혈성을 갖춘 민족이 어찌 영구히 남의 노예가 되는 것을 달게 받아, 독립 자존을 도모치 않겠는가? 그런 까닭에 군국주의, 즉 침략적 주의는 인류의 행복을 희생하는 가장 나쁜 마술(魔術)일 뿐이니, 어찌 이와 같은 군국주의가 천양무궁(天壤無窮)의 운명을 보존하겠는가? 이론보다 사실이니, 아아! 검(劍)이 어찌 만능(萬能)이며 역(力)이 어찌 승리이겠는가? 오직 정의가 있고, 인도(人道)가 있을 뿐이로다. 침략이 거듭되어 악극 참극(惡極慘極)의 군국주의는 독일로써 최종막을 고하지 않았던가? 피와 살이 뿌려지고 찢기는 곳, 귀신이 곡하고 시름한 구주대전쟁(歐洲大戰爭)은 대략 1천만의 사상자와 여러 억(億)의 금전을 소비한 후에, 정의와 인도를 표방하는 기치 밑에서 강화조약을 성립하게 되었다. 그러나 군국주의의 종극(終極)도 실로 색채를 장엄하게 하는데 유감이 없도다.

전세계를 유린하려는 큰 욕심을 채우기 위하여 고심초사(苦心焦思) 30년의 준비로 몇백만의 건아(健兒)를 수백 마일의 전선(戰線)에 세우고, 철기(鐵騎)와 비선(飛船)을 달려 보내서 좌충우돌하여 개전 3개월 내에 파리를 함락한다고 스스로 기약하던 카이저의 성언(聲言)은 한때의 장절(壯絶)을 구했도다. 그러나 그것도 군국주의적 결별(訣別)의 종곡(終曲)일 뿐이며, 이상과 성언 뿐 아니라, 작전계획의 사실도 탁월하여 휴전을 개의(開議)하던 날까지 연합국측 병마(兵馬)의 발자국은 독일 국경의 한 발작도 넘지 못했으니, 항공기는 하늘에서, 잠수함은 바다에서, 대포는 육지에서 각각 기묘(技妙)를 다하여 실전(實戰)의 진행에 어지러운 색채를 냈다. 그러나 그것도 군국주의적 낙조(落照)의 반사(反射)일 뿐이다.

아아! 1억 인민의 위에 군림하고, 세계 일괄의 웅도(雄圖)를 스스로 기약하여, 세계에 대하여 선전(宣戰)을 포고하고 백전백승의 능력을 갖춰서, 신(神)인지 사람인지의 사이에서 종횡자재(縱橫自在)하던 독일 황제가, 하루아침에 자기 생명신(生命神)으로 여기는 검(劍)을 풀고 외롭고 쓸쓸하게 천애윤락(天涯淪落)의 네덜란드에서 남은 목숨을 겨우 보전한 것은 무슨 돌변(突變)인가?

이것은 곧 카이저의 실패일 뿐 아니라 군국주의의 실패인 것이니, 실로 일세(一世)의 쾌사(快事)라고 여겨지는 동시에, 그 사람을 위하여 한 가닥의 동정을 금치 못하리로다.

그러나 연합국측도 독일의 군국주의를 타파한다고 성언(聲

言)했으나, 그 수단 방법의 실용은 역시 군국주의의 유물인 군함·대포 등의 살인구(殺人具)인 것이니, 이는 오랑캐로써 오랑캐를 치는 것이라, 무슨 구별이 있겠는가? 독일의 실패가 연합국의 전승(全勝)이 아니니, 수다한 강약국(強弱國)의 합치한 병력으로 5년간의 지구전(持久戰)으로 독일을 제승(制勝)치 못한 것은, 이는 또한 연합국측 준군국주의(準軍國主義)의 실패가 아닌가? 그렇다면 연합국측의 대포가 강한 것이 아니요, 독일의 검(劍)이 짧은 것이 아닌데, 전쟁의 종극을 고한 것은 무슨 까닭인가? 이는 정의·인도의 승리요 군국주의의 실패이다. 그렇다면 정의·인도, 즉 평화(平和)의 신은 연합국의 손을 빌려서 독일의 군국주의를 깨친 것인가? 아니다. 이는 정의·인도, 즉 평화의 신은 독일 인민들의 손을 빌려서 세계 군국주의를 타파한 것이니, 곧 전쟁 중의 독일 혁명이 이것이다.

독일 혁명은 사회당(社會黨)의 손에서 일어났으니, 그 유래가 오래이고, 또한 러시아 혁명의 자극을 받은 바 있으나 통괄적으로 말하면, 전쟁의 괴로움을 느껴서 군국주의의 그른 것을 통절히 깨달은 때문에 태연자약한 사이에서 전쟁을 스스로 깨치고, 노도경랑(怒濤驚浪)의 군국주의를 일으키려는 칼을 자빠뜨려서 군국주의의 자살(自殺)을 완수하고, 공화혁명(共和革命)의 성공을 넓혀서 평화적 신운명(新運命)을 개척한 것이니, 연합국은 그 틈을 타서 어부(漁父)의 이(利)를 얻은 것이다. 이번 전쟁의 종극에 대하여는 연합국의 승리뿐 아니라, 또한 독일의 승리라 할 것이다. 무슨 까닭이냐? 이번 전쟁에 독일이 전력을 기울여 최후의 일전을 결단한대도 승부를 가히 알지 못할 것이요, 가령 독일이 승리를 얻는다 할지라도, 연합국의 복수(復讐) 전쟁이 거듭 일어나서 독일의 멸망을 보지 않고서는 군사를 해산할 날이 없을 것이다. 까닭에 독일이 전패하지 않을 뿐만 아니라, 전승이라고 할만한 경우에 있어서 단연히 굴욕적 휴전조약을 승락하고 강화를 청하는 것은, 곧 기회를 보아 승리를 거두는 것이니, 강화회의에 대해서도 가급(可及)의 굴욕적 조약에는 무조건으로 승락하는 것을 미루어 알기가 어렵지 않다. 그렇다면 현금주의(現今主義)로 보면 독일의 실패라 할 것이나, 원시적(原始的)으로 보면 독일의 승리라고 할 것이다.

아아! 예로부터 일찍이 없었던 구주전쟁(歐洲戰爭)과 기괴불사의(奇怪不思議)의 독일의 혁명은 19세기 이전의 군국주의·침략주의의 전별회(餞別會)가 되는 동시에, 20세기 이후의 정의·인도적 평화주의의 개막(開幕)이 되어, 카이저의 실패가 군국주의적 각국의 머리 위에 통봉(痛棒)을 내리고, 윌슨의 강화 지초 조건이 각 영토의 고사(古査)에 봄바람을 전하자, 침략국의 압박 아래에서 신음하던 민족은 하늘에 올라가는 기개와 하수를 터놓은 형세로 독립 자결을 위하여 분투하게 되었으니, 폴란드의 독립이 이것이며, 체코의 독립이 이것이며, 아일랜드의 독립선언이 이것이며, 인도의 독립운동이 이것이며, 필리핀의 독립경영이 이것이며, 조선의 독립선언이 이것이다.

각 민족의 독립자결은 자존성의 본능이며, 세계의 대세며, 신명(神明)의 찬동이며, 전인류의 미래 행운의 원천(源泉)이니, 누가 이것을 제어하며, 누가 이것을 막으랴?

문약지폐(文弱之幣)

장지연(張志淵)

장지연(張志淵)

  호는 위암(韋庵). 한말(韓末)인 고종(高宗) 원년에 영남(嶺南)의 궁벽한 상주(尙州)에서 태어났다. 그는 장여헌(張旅軒)의 자손으로, 대대로 도학과 문장 및 사환으로 이름 높은 유가(儒家)의 분위기 속에서 장성하면서 수많은 고서(古書)를 섭렵했다. 그러나 시대가 개화를 요구하자 그는 사상적 변화가 이어져서, 36세 때에는 〈시사총보〉의 초빙을 받았고, 계속해서 〈황성신문〉의 주필로서 유명한 〈是日也放聲大哭〉이라는 명문(名文)을 쓰기도 했다. 그의 사상적 기반은 그가 종유(從遊)한 허방산(許舫山)과 교유한 곽면우(郭俛宇)등이 있고, 개화기의 유교개신론자들인 김택영(金澤榮) · 박은식(朴殷植) · 여규형(呂圭亨) 등의 유학적 개화사상이었다고 할 수 있다. 이리하여 그의 유학사상의 이상은 공자의 대동사상(大同思想)이었다고 보여진다. 청말(淸末)의 변법론자였던 강유위(康有爲)와 양계초(梁啓超)의 공양학적 (公羊學的) 유학사상이기도 했던 대동사상(大同思想)은 한말의 유교적 개화론자들의 사상적 분모(分母)였다고도 할 수 있거니와 이런 사조는 위암에게도 해당되는 것이었다. 여기에 실린 〈문약지폐(文弱之幣)〉와 〈유교변(儒敎辨)〉에서 다소나마 그의 사상을 엿볼 수 있을 것이다.

문약지폐(文弱之幣)

　대체로 글[文]이란 것은 정치 제도의 도구이다.

　문화가 왕성해지면, 그 문체(文體)를 빛내고, 그 밝은 빛을 빛내며, 광휘(光輝)하고 찬란해서 밝게 비치는 까닭에 정치가 태평해진 자취라고 일컫고 반드시 문명(文明)이라 하며, 풍화(風化)가 아름다워진 효력을 찬미하여 문화(文化)라고 하는 것이다. 그러므로 나라의 큰 것과 사회(社會)의 넓은 것에서부터 한 몸과 한 집의 사사로움에 이르기까지 이것이 아니고서는 유지 · 성립시킬 수 없는 것이다. 그런 까닭에 글이란 것은 참으로 잠시라도 버릴 수 없는 것이다.

　비록 그렇다 하더라도 글을 숭상하는 것이 지극하면, 그 폐단도 역시 나라를 멸망시키고 종족을 멸종(滅種)시킬 수 있는 것이니, 그 까닭은 무엇인가?

　대체로 글이 승(勝)하면 예(禮)가 번잡해지고 속임수와 거짓이 생기게 되며, 속임수와 거짓이 생기게 되면 그 나라가 혼란해지는 것이니, 혼란이란 것은 곧 멸망의 근본인 것이다.

글이 왕성하면 풍속이 더러워지고, 풍속이 더러워지면 백성의 마음이 게을러지고, 백성의 마음이 게을러지면 그 나라가 약해지는 것이니, 약하다는 것은 곧 멸망의 근본인 것이다. 그런 까닭에 말하기를,

"나라의 흥륭(興隆)은 반드시 문치(文治)에 말미암고, 나라가 멸망하는 것도 역시 문폐(文幣)에 말미암는다"고 하는 것이니, 아아! 이것이 어찌 글의 죄과로 말하리오마는, 역시 그 죄를 글에 돌리지 않을 수 없는 것이다. 옛날에 주공(周公)은 문왕(文王)·무왕(武王) 두 대(代)를 거울로 삼아, 임금의 법전을 제정(制定)했기 때문에 그 예악(禮樂)과 형정(刑政)과 전장(典章)[1] 문물(文物)[2]이 빛나게 갖추어지고 아름답게 빛나서, 고금 정치 중 제일가는 문명(文明)이 된다고 믿었다. 그런데 나라가 쇠퇴한 말년에 이르러서는 이른바, 보궤(簠簋)[3]·변두(籩豆)[4]·보불(黼黻)[5]·곤면(袞冕)[6]·생황(笙簧)[7]·경관(磬管)[8]·주간(朱干)[9]·옥척(玉戚)[10]은 오직 들뜬 문체나 헛된 예절이고, 가짜의 예식과 거짓으로 공경하는 것

---

1) 제도(制度)와 법칙(法則)
2) 문화에 관한 사물. 곧 예악(禮樂)·제도(制度) 따위.
3) 서직(黍稷)을 담는 제기(祭器).
4) 제기(祭器)로서 변(籩)은 과일이나 포를 담는 그릇. 두(豆)는 식혜·김치 등을 담는 그릇.
5) 수(繡) 놓은 예복.
6) 천자가 입는 곤룡포(袞龍袍)와 쓰는 면류관(冕旒冠).
7) 관악기(管樂器)의 한 가지.
8) 경쇠와 피리.
9) 붉은 빛의 큰 방패.
10) 옥으로 장식한 도끼.

뿐으로서, 실오라기나 터럭만큼도 정치나 교화(敎化)의 실사(實事)에는 도움이 없었다.

그런 까닭에 마침내는 쓰러지거나 나약해지고, 엎어지거나 능멸(凌蔑)받게 되어도 책임을 백성에게 돌리게 되어, 진(秦)나라에 관(冠)을 빼앗기는데 이르렀건만, 한 사람도 무기(武器)를 들고 사직(社稷)을 호위(護衛)하는 자가 없었다. 이것은 모두가 문약(文弱)의 폐단에 말미암은 것이었으며, 끝에는 무너져 없어지게 된 것이다.

이리하여 선유(先儒)는 "사(史)를 할 바에야 차라리 야(野)를 하겠다"는 교훈을 했다. 예(禮)는 실(實)을 힘쓰는 것을 귀하게 여긴 지가 오래었으나, 한갓 번거로운 글만을 숭상하고 그 실질(實質)을 버린다면, 반드시 염색한 물방울이 점점 번져 들어와서 습상(習尙)을 변화시켜, 그 백성의 풍기(風氣)가 거짓이 되게 하거나, 습속(習俗)이 부휴(浮休)하게 되어 말류(末流)의 폐단이 힘줄이 부드럽고 느슨해지며, 몸이 게을러지고 심지(心志)가 편안해지며, 혈기(血氣)가 쇠잔한 데에 이르렀는데도 한번도 활발하게 행동하는 태도가 없으니, 이것이 이른바 문약(文弱)의 폐단인 것이다.

이런 때문에 지금 동·서양 여러 나라가 문명(文明)된 자라고 일컫는데, 그 문명된 자란 글을 숭상할 뿐만 아니라, 실질적인 글을 힘써 찾는 것이고, 아울러 무력(武力)을 갖추는 것을 강론하여 그 문무(文武)를 병용(倂用)하며, 이를 당기거나 늦추거나 하는 것이니, 이것이 문명의 실지(實地)라고 말할 수 있는 것이다. 어찌 우리 동양이라 해서 오로지 허문(虛文)만을 숭상해서야 되겠는가?

아아! 요새 관료들의 소차(疏箚)나 장주(章奏), 표전(表箋)이나 사책(詞策)은 감정을 억누른 허문(虛文)이 아닌 것이 없으며, 신사(紳士)[11]들의 헌의(獻議)나 상서(上書), 통문(通文)·윤함(輪函)도 아름답게만 하려는 위문(僞文)이 아닌 것이 없으며, 그 행정(行政)이나 입법(立法)·내령(內令)·외교(外交)도 들뜬 글〔浮文〕 아닌 것이 없다. 제사를 지내거나 잔치하는 것과, 글을 읽거나 학문을 강론하는 것도 가짜 글〔假文〕 아닌 것이 없고, 심지어 의복·음식·언어·동작에 이르기까지, 한 가지도 번문(繁文)이나 외식(外飾)이 아닌 것이 없으니, 이와 같이 하고서도 나라의 힘이 진흥(振興)되기를 기대한다면 어찌 될 일이겠는가?

만일 이를 만회(挽回)하여 바로잡고자 한다면, 반드시 먼저 그 문구(文具)의 폐단을 물리쳐야 할 것이다.

---

11) 벼슬아치를 말함. 원래는 교양이 있고 예의가 바른 사람.

유교변(儒敎辨)

장지연(張志淵)

유교변(儒敎辨)

　유교(儒敎)란 무엇인가? 주례(周禮)[1]에 나오는 태재(太宰)의 직책이니, 유(儒)는 도(道)를 가지고 백성을 얻는 것이다.
《설문(設文)》[2]에 말하기를 "천(天)·지(地)·인(人)을 통하는 것을 유(儒)라고 한다" 했으니, 유(儒)를 어찌 쉽게 말할 수 있겠는가!《예기(禮記)》〈유행편(儒行篇)〉에서는 공자(孔子)가 노(魯)나라 애공(哀公)의 물음에 답하여 말하기를,

　"넓게 배워서 끝이 없게 하고, 독실하게 행하여 게으르지 않으며, 그윽한 데에 거처하여 음탕하지 않고, 위로 통해도 피곤하지 않으며, 어진 이를 사모하고 뭇사람을 용납하며, 모난[方] 것을 버리고 둥글게 여러 사람과 사귀어야 할 것이니, 그 너그럽기가 이와 같은 것이 있습니다"

했고, 또 말하기를,

---

1) 주공(周公)이 지었다고 전해지는 예(禮)에 관한 책.

2) 후한(後漢)의 허신(許愼)이 지은 자해서(字解書).

"유(儒)는 안으로는 친한 자를 피하지 않는다고 일컫고, 겉으로 원망을 피하지 않는다고 일컬으며, 공(功)에 준(準)하여 일을 쌓고, 어진 이를 추천하여 이를 전달(傳達)케 하는 것이다"
했다.

《한서(漢書)》에 말하기를,

"유가(儒家)의 무리는 음양(陰陽)에 순응하여 교화(敎化)를 밝힌다" 하고 또 이르기를,

"육예(六藝)의 글에서 넓게 배우는 것은 천도(天道)를 밝히고 인륜(人倫)을 바로잡으며, 지치(至治)를 다하여 법도를 이루려는 까닭이다"
했으니, 유가(儒家)의 학문은 본래 이와 같은 것이다."

어찌 일찍이 명예를 낚시질하거나 교묘하게 출세(出世)하려는 마음이나, 당파(黨派)를 만들어 사사로운 계책을 꾸미면서 요즘 세상에서 말하는 유자(儒者)라고 하는 자와 같겠는가?

장주(莊周)는 말하기를,

"유(儒)는 시(詩)와 예(禮)를 가지고 무덤을 팠다"
고 했으니, 이것은 세상을 바라보면서 화를 내고 유가(儒家)를 배척하는 말이거니와, 그러나 유학을 빌어서 세상을 속이고 이름을 도둑질하는 자가 어찌 "무덤을 팠다" 는 비난을 면할 수 있겠는가?

《논어(論語)》에 말하기를,

"너는 군자유(君子儒)는 되어도 소인유(小人儒)는 되지 말라"

했고, 공안국(孔安國)의 주(註)에서 말하기를,

"군자가 장차 도(道)를 밝히려고 하는데, 소인(小人)이 선비[儒]가 되면 그 이름을 자랑한다"
했으니, 아아! 세상에는 참으로 이름을 자랑하는 유(儒)가 많은 것이다.

어떤 사람은 말하기를,

"노(魯)나라는 유(儒)들의 등용은 쇠약했다"
고 했는데, 맹자(孟子)가 일찍이 이를 자세히 변론했던 것이다.

시험삼아 보건대 송대(宋代)에서는 유현(儒賢)들이 배출하여 도학(道學)이 완연히 흥행(興行)되었으니, 실로 삼대(三代) 이후로는 문명이 가장 왕성했으나, 마침내 금(金)나라·원(元)나라의 능이(陵夷)를 당해서, 천하가 크게 혼란하여 신주(神州)가 함락되었으니, 유자(儒者)의 효용(效用)이 어디에 있었다는 것인가?

또한 우리 조선(朝鮮)을 가지고 말한다면, 신라나 고구려 시대에는 모두 불교를 숭상했기 때문에 유학(儒學)에는 밝지 못했다. 그러나 그 때에는 나라가 부(富)하고 군사가 강했기 때문에 경내(境內)가 안정되어, 역년(歷年)이 혹은 1천 년, 혹은 8백 년이나 되었고, 고대 왕씨(王氏)도 역시 불교를 받들어 모시고 유술(儒術)도 갑절이나 되었다.

한번 송유(宋儒)의 학문이 본국으로 수입되었으나 교화(敎化)는 아직 더욱 밝아진 것이 없었고, 소란은 아직 진정될 수 없었으며, 쇠퇴만 하고 진작(振作)되지 않다가, 우리 왕조(王朝)가 대신 일어나서는 성군(聖君)과 어진 보필이 있어서, 유술(儒術)을 높이고 도학(道學)을 존중했기 때문에 초야(草野)의 유학하는 선비를 모두 등용하고 높이 숭상하며 장려하지 않는 것이 없었다.

이에 사문(斯文)의 진흥(振興)은 빛나기가 전고(前古)를 넘어서고 송(宋)나라를 능가(凌駕)한 것이 있었으니, 유교의 성대함이 지극했다고 할 수 있겠다. 그러나 요(堯)·순(舜) 때의 임금이나 신하의 다스림을 이룰 수는 없었으니, 나라의 형세는 도리어 쇠미한 데로 달려서 오늘에 이르렀으니 이는 무엇 때문일까. 이것이 어찌 유(儒)를 쓰고서도 노(魯)나라가 쇠약해졌던 경험이 아니겠는가?

아아! 이것이 어찌 유교의 죄인가?

맹자(孟子)는 말하기를,

"노(魯)나라에서는 참다운 선비를 쓰지 않은 까닭이다" 했는데, 만일 참다운 선비를 썼다면 천하에 대적할 자가 없었을 것이다. 고려의 사직(社稷)이 망한 것도 선비의 잘못이 아니었고, 여씨(麗氏)가 저절로 멸망한 것이었다. 비록 포은(圃隱)과 야은(冶隱) 등 여러 어진 이가 있었다 하더라도 나라가 이미 기울어질 때를 당했으니, 어찌 한쪽 손으로 붙들 수 있었겠는가?

우리 조선이 쇠미(衰微)해지게 된 것도 이른바 노(魯)나라에서처럼 참다운 선비를 등용시키지 않았기 때문일 것이다. 사화(士禍)의 처참함과 붕당(朋黨)의 피해는 이미 앞에서도 기술했거니와, 연산군(燕山君) 때의 무오(戊午) 이래로 명유(名儒)와 큰 학자가 대대로 없어지지 않았는데도 모두 형옥(形獄)에 걸려들거나, 감옥에서 곤액(困厄)을 당하여 제 명

(命)대로 산 자가 적었다. 또한 당파(黨派)가 분열된 뒤에는 다같이 공정하고 서로 조심하여, 같이 한 수레를 떠밀 수 있는 사람이 있었다고 그대는 생각하는가?

공자가 이른바

"어진 이를 사모하고 여러 사람을 용납하여, 모난 것을 버리고 뭇사람들과 사귀어야 한다"

고 한 것은, 한 세상을 돌아다니면서 이를 구했으나 얻지 못했던 것이다.

율곡(栗谷) 같은 어진 이로서도 동서(東西)의 당파를 조정하고자 했으나 할 수 없었으며, 영조(英祖) 같은 성(聖)스러운 임금으로서도, 노론(老論)과 소론(小論)을 탕평(蕩平)코자 했으나 할 수가 없었다.

전현(前賢)들이 이른바

"백년이 되도록 잘 다스려지지 않은 것은 붕당의 피해 때문이 아니겠는가?"

했으니, 이것은 어찌 유교가 시켜서 그렇게 된 것이라고 하겠는가? 실은 정치가 길들여 놓은 것이거나, 아니면 또한 유학의 이름을 빌려서 임금을 속이고서도 부끄러운 죄인 줄을 알지 못하고 있었기 때문이니, 이것은 비단 선왕(先王)의 죄인일 뿐만 아니라, 곧 공맹(孔孟)의 죄인인 것이니, 이것을 가지고 유교를 꾸짖는다면 유(儒)가 어찌 수긍하겠는가?

맹자는 이르기를,

"곤궁(困窮)하면 홀로 그 몸을 선(善)하게 하고, 통달하면 천하를 아울러 선하게 하라"

했으니, 대체로 선비가 세상에 처했을 적에는 몸을 닦고 말

을 세워서 선각(先覺)을 가지고 후각(後覺)을 깨우치는 것이
것이 거궁(居窮)하는 도리이며, 몸을 세우고 도를 행하여 생
민(生民)에게 혜택을 주는 것은, 지위를 얻은 다음의 할 일인
것이니, 유교의 방법은 이와 같을 뿐인 것이다.

원사(原死)

변영만(卞榮晩)

변영만(卞榮晩)

고종 때의 법률가이자 학자.

호는 산강재(山康齋)·백민거사(百旻居士). 한학을 공부하다가 보성전문학교(普成專門學校)에 들어갔고 졸업한 후 법관(法官)이 되어 광주지방법원(光州地方法院) 판사로 부임했다가, 다시 신의주에서 변호사가 되었으나 한일합방이 되자 북경(北京)에 망명했고, 그 후 귀국하여 학문에 전심하여 한학·영문학의 석학(碩學)이 되었다. 해방 후에는 성균관대학의 교수로 후진 양성에 힘썼으며, 국학(國學) 발전에 크게 공헌했다.

원사(原死)[1]

　성인(聖人)과 영웅(英雄)은 모두 땅에 들어갔으며, 용사(勇士)나 모사(謀士) 또한 마침내는 죽음을 면치 못했다. 미인(美人)이 살아있을 때는 온 나라를 주름잡고 세상을 횡행했지만 하루아침에 이슬처럼 사라지고, 높은 학문과 화려한 문장, 고고(孤高)한 음률(音律)과 그윽한 노래는 혹 세상에 남아서 지금껏 전송(傳誦)하지만, 그것을 지은 자는 모두 이미 아득히 사라지고 없다.

　아아! 천지는 어질지 못해서 만물을 풀이나 짐승으로 삼으려 하니, 내가 세상 사람에게 홀로 무엇을 갖았으리오? 그러나 많은 물건은 오히려 그렇다 하지만 감정이 있는 이 무리야 이것을 어찌 감내하랴? 이것이 가히 슬픔이라 하겠다.

　그러나 새 것이 펴지고 묵은 것이 바뀌는 것은 천지의 법

---

1) 죽음에 대한 원론(原論). 인생에는 한번 죽음이 있게 마련이니, 죽음을 걱정할 필요가 없다는 이론이다.

으로서 바뀌지 않는 것이다. 열매가 장차 맺으려면 꽃이 먼저 떨어지고, 싹이 장차 돋으려면 씨가 먼저 떨어진다. 가을에 누르러 떨어지지 않으면 봄에 부드러운 가지가 나오지 못한다. 어두운 밤이 먼저 있기 때문에 비로소 아침 햇빛이 밝은 것이다. 사람도 또한 그런 것이어서 먼저 사람이 죽고 나면 뒷 사람이 이어서 서로 대신해 일어나서, 이로써 세상 일이 이루어지며 변화가 나오는 것이니, 이로써 보면 죽음이 가히 슬플 것이 없다.

가령 인류(人類)로서 이와 다르게 타고나서 금으로 만든 눈동자와 쇠로 만든 입을 가지고, 강철로 된 신장(腎臟)과 구리로 된 갈비처럼 물불에도 부서지지 않고, 칼날이 무디어져서, 사는 이치만 있고, 죽는 법칙이 없으면서 저 남녀(男女)가 서로 사랑하는 일이 그 사이에서 행해진다면, 장차 이 세상은 땅에 빈 틈이 없이 서로 밟고 뭉개서, 이마와 목, 배와 등이 모두 길이 되고 마는 것을 볼 수 있을 것이니, 이러한 때에는 자식을 일찍 잃은 것이 큰 복이 될 것이요, 팽조(彭祖)[2]가 그 다음 복이 될 것이니, 이로써 본다면 죽는 것이 가히 슬플 것이 없다.

사람이 세상에 나서 동류(同類)를 떠나서는 즐거운 일이 없다. 그런 까닭에 언덕을 넘고 거리를 지나서 부지런히 서로 찾는 것은 헛된 일이 아니다. 호수와 산을 왕래하면서 서로 노래를 주고 받는 일이 허황한 장난이 아닐 것이다.

그러나 해가 저물고 흥(興)이 다해서 돌아가는 그림자가

---

2) 중국 고대의 신선으로서 가장 장수(長壽)한 사람.

서로 어긋나면, 돌아가서 혹 자기 집에서 쉬는 자도 있고, 혹은 영구히 저 세상으로 가는 자도 있으니, 또한 어찌 즐거워하고 슬퍼할 것이 있으랴? 대개 게으름에는 크고 작은 것이 있어서, 오래하고 잠깐하는 쉬는 시간이 있을 뿐이니, 이로써 본다면 죽는 것이 슬플 것이 없다.

이 몸은 파초(芭蕉)와 같아서 중심에 믿을 것이 없고, 대기(大氣)에 의지해서 잠깐 이 세상에 났다가 조화(造化)를 따라 없어지는 것이 한 마당 꿈의 환상(幻像)과 같은 것이다. 그러나 내 자손은 무리가 능히 널리 퍼져서, 마치 파초의 자손이 일찍 끊어지지 않는 것과 같다. 그런 까닭에 내가 변해서 자손이 되는 것뿐이다.

돌아보건대, 자손들은 반드시 끌어들일 것이 없다. 내가 노래하면서 세상을 하직하면 그 남은 소리가 골짜기의 바람에 전해질 것이요, 내가 노해서 흙으로 들어가면 그 남은 독은 사나운 새의 발톱에 매어진다. 산이 둘러서 있는 것은 내가 공손히 침묵하는 것이요, 바다가 출렁대며 소리치는 것은 내가 날아오르는 것이다.

저녁 하늘에 별이 깜박이는 것은 내가 사색(思索)하는 것인가? 아침 햇살이 피어오르는 것은 나의 덕이 어린 얼굴인가? 봄풀이 들에 돋아나는 것은 나의 사랑과 어진 마음의 자취가 아직 남아 있고, 시원한 샘물이 땅에서 뿜어나오는 것은 나의 문장이 아직 마르지 않은 것이다. 곧 불가(佛家)의 윤회법칙(輪廻法則)인 뱀과 짐승이 될 이치가 없다. 그러니 나는 일찍이 잠시도 멸하지 않을 것이다. 이로써 본다면 죽는 것이 족히 슬플 것이 없다.

공자(孔子)가 말하기를 "아침에 도(道)를 들으면 저녁에 죽어도 좋다"고 했고, 또 말하기를 "후생(後生)이 가히 두렵다"고 했다. 대체로 대인(大人)은 도(道)로써 삶을 살았고, 모발이나 피부로 삶을 살지 않았다. 그런 까닭에 그 몸이 갑자기 죽는 것을 근심하지 않고 후생(後生)의 홍대(弘大)한 도(道)는 일찍이 죽은 것이 아니다. 누가 사람이 일찍이 죽지 않는 것이 좋다고 했겠는가? 7척이 못되는 몸을 가진 사람은 과연 때로 나고 때로 죽는다. 천지 사이에 가득한 사람이 대체로 한 때에 죽지 않는 것이다. 대체로 죽는 것을 근심하는 것은 오직 소인(小人)이 있을 뿐이니, 이로써 본다면 죽는 것이 가히 슬플 것이 없다.

□ 엮은이 소개

1916년 충남 예산 출생.
예동사숙(禮東私塾)에서 한문 수학.
사서연역회 편집위원. 독립운동사 편찬위원회 집필위원.
현재 민족문화추진회 · 세종대왕기념사업회 국역위원.
저서《사서삼경입문》《양명학이란 무엇인가》《논어해설》
　　등이 있고,
역서《공자가어》《맹자》《주역》《서경》《노자》《삼국유사》
　　《명심보감》《중국문화사상사》《연암선집》《난중일기》
　　《동사강목》《목민심서》등이 있다.

한국의 고전 명문선　　　　　　　　　값 6,000원

2002년　5월　15일　　　초　판　1쇄　　발행

지은이　　최　치　원(외)
엮은이　　이　민　수
펴낸이　　윤　형　두
펴낸데　　범　우　사

등　록　1966. 8. 3.　제 10-39호
121-130 서울시 마포구 구수동 21-1
대표　717-2121 · 2122 / FAX 717-0429

＊ 파본은 교환해 드립니다.　　　　교정 · 편집/ 마희식 · 김미옥
ISBN 89-08-03274-6 04810　　(인터넷)http://www.bumwoosa.co.kr
　　89-08-03202-9　(세트)　　(E-mail) bumwoosa@chollian.net